BIG LIFE

빅 라이프

빅 라이프 10

우지호 장편소설

초판 1쇄 찍은 날 | 2017년 4월 18일
초판 1쇄 펴낸 날 | 2017년 4월 25일

지은이 | 우지호
펴낸이 | 예경원

기획 | 위시북스
편집책임 | 박우진
편집 | 이즈플러스

펴낸곳 | 예원북스
등록번호 | 제396-2012-000132호
등록일자 | 2012. 7. 25
KFN | 제1-095호

주소 | 경기도 고양시 일산동구 호수로 646-24 위너스21 II 빌딩 206A호 (우)10401
전화 | 031-819-9431 팩스 | 031-817-9432
E-mail | yewonbooks@naver.com

ISBN 979-11-6098-188-9 04810
979-11-5845-517-0 (set)

※ 이 도서의 국립중앙도서관 출판시도서목록(CIP)은 서지정보유통지원시스템 홈페이지(http://seoji.nl.go.kr)와 국가자료공동목록시스템(http://www.nl.go.kr/kolisnet)에서 이용하실 수 있습니다.

BIG LIFE
우지호 장편소설
10
WISHBOOKS MODERN FANTASY STORY
빅 라이프
Wish Books

빅라이프

BIG LIFE

CONTENTS

92장
가슴이 떨린다

—제가 동석하지 않을 수 없으니 패러마운틴과 에이전시 쪽에는 연락을 해두겠습니다. 오늘처럼 중대한 약속을 코앞에 두고 진심으로 면목 없습니다.

“아닙니다, 편집장님. 정말 저는 괜찮습니다.”

실제로 재건은 아무렇지도 않았다.

그간 언제나 성실하기 이를 데 없었던 명석이다.

왜 늦는 것인지 이유도 묻지 않았다. 말할 만한 내용이었다면 벌써 말해줬을 테니 아마도 개인사일 것이리라.

“편집장님께서 이러실 정도면 그럴 만한 사정이 있으신 거라고 생각해요. 사무실에서 놀다 나가면 되니까 신경 쓰지 마세요.”

-그렇게 말씀해 주시니 고맙습니다. 얼마나 늦을지는 30분 정도 더 있어야 알게 될 것 같습니다. 제가 잠시 후에 다시 연락드리겠습니다.

"네, 일 보시고 연락주세요."

전화를 끊은 재건이 자리로 돌아왔다. 놓았던 젓가락을 집으며 그는 부디 별일이 아니기를 속으로 바라고 있었다.

BIG LIFE

"단속 잘해주세요. 냄새 맡은 기자들 없는지도 점검 잘 부탁드립니다."

"염려 놓으십쇼, 도련님. 말끔하게 처리하겠습니다."

여느 때처럼 구 실장이 믿음직스럽게 대답했다.

아버지에 이어 2대째 웅성그룹 가문의 녹을 먹고 있는 입장이다.

대외적으로 드러나선 안 될 크고 작은 문제를 해결하는 것이 주된 업무였다. 명훈이 저지른 사고의 뒤처리도 물론 그의 몫이었다.

"구 실장님 덕분에 언제나 든든합니다. 매번 미안해요."

"무슨 말씀이십니까. 지금껏 도련님께서 제게 베푸신 온정을 따지자면 이 정도 일은 업무 축에도 못 낍니다. 더 말씀

마시고 얼른 회장님 오시기 전에 돌아가 보시지요.”

명석이 씁쓸히 웃으며 고개를 끄덕였다.

돌아선 그는 기사가 대기하고 있는 자신의 차에 올라탔다.

“집으로 갑시다. 가능하면 서둘러 주세요.”

“네, 바로 출발하겠습니다.”

본가의 차고에 들어서자마자 명석은 두 눈을 치켜떴다.

아버지 태진의 차가 떡하니 주차되어 있는 것이 아닌가.

사고 처리에 시간이 너무 지체되었음을 자책하면서 명석은 서둘러 차에서 내렸다.

“여, 여보! 고정하세요!”

“놔, 당장 이 손 놓지 못해!”

집 안으로 들어선 명석은 기겁해서 구두를 벗지도 못하고 뛰어들었다.

노발대발한 태진이 손에 든 골프채로 명훈을 후려치려던 참이었다. 어머니와 가정부, 두 사람만의 힘으로 막아내기엔 역부족이었다.

“아버지, 참으세요!”

“놔라! 내 오늘은 무슨 일이 있더라도 이놈을 결딴내 놓을 테니! 네놈이 그렇지! 한동안 열심히 하기에 어쩐 일인가 싶었지! 그런데 그래, 술병으로 사람 머리통을 찍어?! 에라이,

파락호 날건달 같은 놈!"

명석이 태진을 끌어안다시피 하며 뜯어말렸다.

그들 앞에서 명훈은 고개를 반쯤 숙인 채 우두커니 섰을 뿐이었다. 상처로 얼룩진 그의 얼굴에서는 일말의 죄책감도 엿보이지 않았다.

"저는 잘못한 게 없습니다."

"뭐, 뭐야?"

"얌전히 술 마시고 있었는데 그쪽에서 먼저 시비를 걸었습니다. 술병도 그쪽에서 먼저 던졌고 하마터면 맞을 뻔했어요. 이건 정당방위였어요."

"아니, 이놈이?! 지 애비랑 형이 기껏 일궈놓은 회사 이미지 다 말아먹으려던 판에 뭐? 정당방위가 어쩌고 저째?!"

"아이고, 아버지! 야, 오명훈! 당장 빌지 못해?! 너 형한테 맞고 싶어?!"

명석이 필사적으로 아버지를 뜯어말리는 한편 동생을 거듭 나무랐다.

샌드위치 속의 햄처럼 중간에 낀 그는 누구보다도 진땀을 빼고 있었다.

"오명훈!"

"……쳇."

명훈이 분한 기색으로 이를 살짝 악물었다.

하지만 그것도 잠시. 바로 직후 그는 쿵 소리가 나도록 바닥에 양 무릎을 꿇고 엎드렸다.

“다시는 이런 일 없도록 하겠습니다, 아버지.”

“태세 전환 한번 기차게 빠르네! 말만 뻔지르르한 놈을 누가 믿어!”

살짝 위로 흘겨 뜬 명훈의 두 눈이 예리하게 빛났다.

“말만 뻔지르르한 건 아니죠. 사실 그동안 회사 일은 잘했잖습니까. 미국에서도요.”

“이놈이 끝까지 입만 살아서! 뭘 잘했다고 계속 말대꾸야! 아으으……!”

태진이 신음을 흘리며 뒷목을 붙들고 섰다.

명석과 어머니가 부축하듯 그의 좌우를 잡았다.

바닥에 엎드린 명훈의 담담한 사죄가 이어지고 있었다.

“심려 끼쳐 드려서 죄송합니다. 이번 일은 분명히 제 실수였습니다. 해외 업무로 스트레스가 극심했던 것 같습니다. 다시는 이런 일 없도록 주의하겠습니다.”

기계가 내뱉듯이 감정이 담기지 않은 목소리였다.

그래도 사죄는 사죄라고 태진의 거친 호흡이 미약하게나마 누그러지긴 하고 있었다. 그 틈을 타서 명석이 재빨리 눈짓으로 신호를 던졌다.

“그럼 더러워진 옷 갈아입고 다시 나오겠습니다.”

다리를 펴고 일어선 명훈이 허리를 한 번 깊이 숙이고는 돌아섰다.

계단을 성큼성큼 올라가는 그의 뒤를 어머니와 가정부가 따랐다.

"서재로 가자."

훅.

한숨을 토해내며 태진이 나직이 말했다.

명석이 일순 멍해진 얼굴로 빤히 바라보았다.

"담배 하나 태우자고, 이놈아."

"아, 네. 가시죠, 아버지."

서재에 들어선 태진은 오랜만에 담배를 입에 물었다.

명석이 불을 붙여주었다.

한 움큼의 새하얀 연기가 어두운 서재의 허공에 아스라이 퍼져 나갔다.

"네가 보기에 내가 너무 심했냐?"

"아닙니다, 아버지."

"어디로 튈지 알 수가 없는 놈이라 마음이 놓여야지. 저놈 미국 가서 약 계속 먹고 있었던 건 맞지?"

"네, 제가 수시로 확인했습니다."

명훈에게 분노조절장애 증세가 있다는 사실은 가족 모두가 알고 있었다.

태진은 고개를 끄덕이며 담배를 뻑뻑 빨아댔다. 연기 사이로 보이는 표정이 한없이 일그러져 있었다.

"미안하다."

태진이 천천히 팔을 뻗어 명석의 손을 굳게 잡았다. 주름진 손으로 장남의 손등을 쓰다듬으며 그는 말을 이었다.

"내가 애비로서 네게 참 면목이 없다."

"그런 말씀 마세요."

"저래도 가엾은 녀석이다. 머리도 좋고 기민한 놈이 어머니 정을 못 받고 자라서……. 앞으로도 네가 잘 챙겨줘라. 지금까지도 잘해왔지만 말이다."

"알고 있습니다."

숙연함 속에서 태진은 말없이 담배를 피웠다.

그가 다 피우고 난 담배꽁초를 재떨이에 비빌 즈음, 명석은 분위기를 전환시킬 겸 환히 웃으며 말했다.

"축하드립니다, 아버지."

"으응? 무슨, 아아……."

금세 의미를 깨달은 태진이 머쓱하게 웃었다. 이번 대중문화예술상에서 금관문화훈장을 받게 된 것을 축하하는 말이었다.

"하 작가도 표창을 받게 되었다지?"

"네, 문화부 장관 표창이요."

"아쉬운 표정이로구나."

"아무래도요……. 나이는 어려도 그간 성과가 엄청나니까요. 솔직히 국무총리 표창까지는 기대하고 있었습니다."

태진이 명석의 어깨를 가볍게 치고는 웃었다.

"이 애비가 몇 살이냐?"

"갑자기 그런 건 왜 물으세요?"

"금관문화훈장 받기까지 나도 이렇게 오래 걸렸다. 세상만사가 다 그렇지."

"하하하…… 네."

태진이 끙 소리를 내며 손잡이를 짚고 의자에서 일어섰다. 허공을 이리저리 훑으며 생각한 끝에 그는 명석에게 말했다.

"예술상 이후로 약속 한번 잡아주겠니?"

"하 작가님하고요?"

"그토록 대단한 작가가 너와 계속 좋은 인연 이어가 주니 내가 참 기쁘다. 좋은 곳에서 저녁이라도 한번 했으면 좋겠다."

잠깐의 뜸을 들인 후에 태진이 덧붙였다.

"게다가 전에 네 입으로 말했잖냐. 내가 너무 네 안목만 신뢰하는 경향이 있다고."

"아아, 네. 아버지 새 장편 말씀이시죠?"

"그래, 어디 해외까지 진출한 작가님 안목 덕 좀 보자. 이거 벌써부터 엉망이라고 욕먹을까 봐 가슴이 떨리는구나."

농담 너머로 두 부자가 함께 웃음을 터뜨렸다.

가족임에도 이 자리에서 함께 웃지 못하는 명훈을 각자의 가슴에 담은 채로.

BIG LIFE

서울 명동 인근에 자리한 호텔의 소회의실.

판권 협상은 오래지 않아 종결되었다. 패러마운틴 구매 담당자는 쉽게 끝낸 협상을 두고 감탄사를 열 번이 넘도록 연발했다. 쾌적하게 업무를 마친 통역사의 얼굴에도 미소가 만개했다.

"윤태성 감독님 때보다도 더 빨리 끝났지 않습니까?"

패러마운틴 측 사람들이 한발 먼저 나선 직후, 노트북을 거둬들이며 명석이 농담조로 말을 건넸다.

스크립트 검토 후 제작을 진행하자는 조항 외에 재건이 작가로서 요구한 것이 거의 없다시피 했던 것이다.

"영화 제작 방식도 그렇지만 일단 문화부터 차이가 크니까요. 외국에서 만들어지는 영화는 완전 손을 놓는 게 오히려 작품을 위한 길일 것 같습니다. 심지어 패러마운틴인데요."

재건이 한껏 기지개를 켜고는 덧붙였다.

"할리우드 감독과 작가의 협력 및 분업 시스템을 믿어보기로 했어요. 이제 가능하면 소설에만 집중하고 싶습니다. 마켓 플레이스 연출해 주셨던 이은하 감독님도 그렇고. 제 주변에 참 능력자가 많아요. 그래서 말씀이지만……."

재건이 말끝을 흐리는 동시에 유진에게로 눈길을 옮겼다.

"크노블 출판사와 위저드리 픽쳐스요. 두 회사 사이에서 더 브레스를 두고 여전히 논의가 오가고 있다는 얘기는 들었습니다."

"아, 네. 선생님, 말씀하세요."

"이 자리에서 확실히 말씀드릴 수 있겠습니다. 그간 여러 경험을 하고 나니 저는 역시 천성부터 글쟁이라는 생각이 더 강해졌습니다. 영화도 좋고 드라마도 좋지만 첫 출발은 책이 되었으면 합니다. 돈도 돈이지만 글쟁이로서의 제 편안한 마음가짐부터 먼저 챙겨야 할 것 같습니다."

유진의 입가에 즉시 반가운 미소가 한 아름 어렸다.

두 가지 업무를 목적으로 찾아온 그녀도 언제 말을 꺼낼지 시기를 재고 있었던 참이다.

"저기, 하 선생님. 저녁이라도 드시면서 더 브레스에 관해 자세히 논의해 보시는 건 어떨까요?"

"저녁이요? 네, 뭐 저는 상관없습니다만……."

"조금 이르지만 저녁 식사를 할 시간도 됐고요. 어떤 지각생 덕분에 벌써 시간이 이렇게 흘렀네요."

자신을 겨냥한 말에 명석이 당황해서 헛기침을 했다.

재건 앞이기에 유진의 말을 받아치지도 못하고 잠자코 있을 수밖에 없었다.

"그럼 오케이죠? 자, 두 분 얼른 일어나시죠. 명동이니 섞어찌개는 어떠세요?"

유진이 가방을 어깨에 메고 기세 좋게 일어섰다.

재건과 명석은 웃는 얼굴로 서로를 쳐다보고는 뒤따라 호텔을 나섰다.

식당까지는 그다지 멀지 않았다.

세 사람은 차를 두고 도보로 가는 길을 택했다.

조금 이른 시간이어서 구석에 면한 비교적 조용하고 아담한 자리를 차지할 수 있었다.

"어둠의 루트에서 벌써 인기가 대단해요."

냄비 가득한 찌개가 끓기도 전에 유진이 말을 꺼냈다.

"명석이, 아니, 죄송해요. 오 편집장님 통해서 얘기는 들으셨을 거예요. L.A에 사는 제 조카랑 친구들은 물론이고 아주 그냥 다들 더 브레스에 흠뻑 빠졌어요. 크노블 편집부에서도 읽어보자마자 엄지부터 치켜세웠고요."

"없는 말씀이라도 고맙습니다."

"어머, 없는 얘기가 아니에요. 하 선생님, 이것 좀 보세요.

이제 재미교포뿐만이 아니에요. 페북 검색하면 더 브레스에 관한 얘기가 한국 포털만큼이나 쏟아져 나오고 있다고요."

유진이 핸드폰 화면을 보여주며 열성적으로 말을 보탰다.

재건은 기쁜 듯이 웃으며 고개를 천천히 주억거리고 있었다.

"이러다 찌개 졸아들겠습니다. 일단 드시죠."

"국자 이리 주세요, 선생님. 제가 덜어드릴게요. 아, 오랜만에 섞어찌개 먹으려니까 가슴이 다 떨리네."

유진은 재건에 이어 명석까지 찌개를 덜어주고 나서야 비로소 자신의 음식을 덜었다.

그녀가 명석에게 귀엣말로 '나 여성스럽지?' 하고 속삭이는 모습을 재건은 우연히 볼 수 있었다.

'서로 좋아하시는 것 같은데.'

어느 순간 재건은 자연스레 생각했다.

가만 보니 명석은 스스럼없이 발랄한 유진의 태도에 당황하면서도 싫지만은 않은 기색을 하고 있는 것이다.

오래 두고 사귄 남녀의 온기라고 해야 할까. 세월과 함께 녹아든 우정 이상의 농밀한 감정이 맞은편의 재건에게도 여실히 전해져 오고 있었다.

'수희가 10년쯤 지나면 유진 씨처럼 될까.'

어쩐지 그런 생각이 들었다.

예쁘고 일 잘하고 사려 깊지만 그만큼 마음에 여유가 부족한 것이 안타까운 수희다.

10년쯤 지나서 유진과 비슷한 나이가 되면 어떨까. 삶의 방식이 조금은 더 부드러워지지 않을까.

자기도 모르게 내심 기대하게 되는 재건이었다.

"하 선생님, 무슨 생각을 그렇게 골똘히 하셔요? 제가 드리는 술 한잔 받으세요."

"아, 네. 고맙습니다. 저도 한잔 드릴게요."

잔을 받은 재건이 바로 유진과 명석에게도 한 잔씩 술을 따라 주었다.

잔을 높이 들면서 유진이 첫마디를 열었다.

"뭘 위해서 건배할까요? 더 브레스를 위해?"

"아직 계약도 안 했는데 벌써요? 계약서 가져오셨으면 당장 하게 어서 꺼내시죠."

"앗, 정말요? 죄송해서 어쩌죠? 제가 오늘은 쓸 일이 없을 듯해서 계약서를 두고 나왔는데."

"그럼 벌주로 두 잔 연속 원샷 하셔야 합니다."

웃음 속에서 세 사람의 잔이 경쾌하게 맞부딪쳤다.

이때까지만 해도 재건은 자정이 넘도록 술자리가 이어질 것이라고는 생각조차 하지 못했다.

그와 같은 시간.

인터넷에는 이제 막 재건에 관한 새로운 뉴스가 떠올랐다. '겨자 목욕탕 판권, 할리우드 패러마운틴사에 180만 달러의 고가로 판매 결정'이라는 제목이었다.

"끅, 하 선생님. 우리 한잔만 더 해요, 네? 제가 좋은 바 알고 있어요. 전에 키핑해 둔 좋은 보드카도 있고요…… 끅!"

"많이 드셨어요. 오늘은 이쯤에서 끝내고 들어가시죠."

마다하는 재건도 다리가 살짝 흔들렸다.

유진의 기세에 휩쓸려 제법 많이 마셨다.

시간도 어느덧 자정을 넘기고 있었다.

"다음은 없어요, 다음은! 하 선생님, 끅. 저 미국 살거든요? 그러지 마시고 우리 딱~ 한 잔씩만 더 해요."

취한 유진이 물러서지 않고 연달아 보챘다.

그녀를 부축하고 선 명석은 민망함이 뒤섞인 쓴웃음을 내내 빼물고 있어야 했다.

"정신 차려요. 왜 이렇게 많이 드셨어요, 유진 씨?"

"이게 또 유진 씨래, 야! 오명석! 죽을래?!"

"몇 번이나 말씀드렸지만 지금 하 선생님도 계시고 사석이 아니니까 제발 좀……."

"아, 몰라! 안 들려! 안 들려! 나 좀 잡아줘, 명석아. 나 넘어질 거 같아…… 아하핫!"

재건이 무너지는 유진의 다른 쪽 팔을 잡아 부축해 주었다. 그러고는 그녀의 머리 뒤에서 명석에게 나직이 말했다.

"오늘 편집장님 만나서서 많이 반가우셨나 봅니다."

"정말 죄송합니다. 원래 이렇게 취할 사람이 아닌데……."

"즐거우셔서 평소보다 들뜨실 수도 있는 거죠. 그럼 부탁드리고 저는 여기서 먼저 가 보겠습니다."

"기사 불렀습니다, 선생님. 이제 몇 분이면 도착할 겁니다."

재건은 웃는 낯으로 명석의 제안을 사양했다.

"술 깰 겸 조금 걷고 싶어서 그렇습니다. 오늘 정말 감사했습니다, 편집장님. 덕분에 커다란 건수 둘을 한꺼번에 해치울 수 있었습니다."

"아닙니다, 선생님. 선생님이 대단하신 거지 저야 뭐 한 게 있겠습니까."

재건이 먼저 손을 뻗어 악수를 청했다.

명석과 맞잡은 손을 천천히 위아래로 흔들면서 그는 말을 이었다.

"오지랖 부려서 죄송합니다만, 나쁜 일 있으셨다면 빨리 해결되셨으면 합니다. 오늘 종종 안색이 좋지 않으시더라고요."

"그게…… 보이셨습니까?"

재건이 대답 대신 히죽 웃고는 손을 놓았다.

두 눈을 감은 채 명석에게 기대고 선 유진과는 인사를 생략하기로 하고 돌아섰다.

'아우, 머리야. 숙취 음료라도 하나 마셔야겠다.'

드르륵!

눈에 보인 편의점으로 발길을 트는 사이에 전화가 걸려왔다.

상대의 이름을 확인한 재건은 잠시 머뭇거린 끝에 핸드폰을 귀로 들어 올렸다.

"네, 예슬 씨."

–늦은 시간에 죄송해요. 이 시간에 안 주무실 거라고 생각해서 전화드렸어요. 오빠한테 꼭 하고 싶은 얘기가 있어서요.

"네, 말씀하세요."

–저…… 공식은 아닌데 질풍노도 여주인공 캐스팅될 것 같아요. 인물 조감독님이 언뜻 흘리듯이 말씀해 주셨거든요. 그래서, 그래서 전화드렸어요.

편의점 문을 열어젖히는 재건의 입가에 미소가 어렸다.

며칠 전 태성으로부터 들어 알고 있는 사실이지만 모르는 척 축하의 말을 전했다.

"정말요? 정말 잘됐어요! 촬영 잘하셔서 좋은 결과 있었으면 좋겠습니다."

–너무 고마워요, 오빠. 이거 다 오빠 덕분이에요. 결과가

어찌 되든 평생 잊지 못할 최고의 선물이에요.

"흥할 겁니다. 그래서 예슬 씨 어머니도 꼭 영화 보시게 될 거고요."

—반드시 그렇게 됐음 좋겠어요.

말이 끊기고 잠시 침묵이 일었다.

그사이에 재건은 찾는 음료를 꺼내 카운터에 내려놓았다.

재건의 얼굴을 알아본 아르바이트생이 바코드를 찍으며 수줍은 듯 웃고 있었다.

—저기, 오빠!

불시에 예슬이 뭔가를 말하려는 듯 목소리를 높였다.

하지만 재건이 대꾸하기도 전에 본인이 먼저 나직이 덧붙이는 것이었다.

—아니, 아니에요……. 그럼 이만 끊을게요. 아, 오빠. 패러마운틴 판권 뉴스 봤는데 정말 축하드려요. 먼저 말씀드려야 하는 걸 깜박했어요.

"고마워요, 그럼 예슬 씨도 일찍 자요."

—네, 오빠두 푹 주무시고 좋은 꿈꾸세요…….

재건이 전화를 끊었다.

계산한 음료를 마시고 나오는 사이에 이번에는 메시지가 날아들었다.

-180만 달러의 사나이 하 선생님. 소녀 이제 막 야근을 끝냈사옵니다. 선생님께서 코 주무실까 염려되어 메시지부터 드리옵나이다.

재건이 치아가 드러나도록 환히 웃었다. 예슬의 전화에 받기를 망설였던 반응과는 정반대로 이번엔 그가 즉시 전화를 걸었다.

—어머, 안 주무셨사옵니까?

"사극 봤어? 오늘 말투가 왜 그래?"

—족집게시옵니다. 집에 오자마자 밀린 사극을 보고 있사옵니다.

말끝으로 수희가 쿡쿡 웃었다. 기분 좋게 취한 재건에게는 천사의 속삭임처럼 감미로운 웃음소리였다.

"수희야."

—말씀하시옵소서. 소녀 듣고 있사옵니다.

"대만에서도 말했지만, 너 돌아오는 대로 결혼하자."

—진심이었어……?

놀란 듯한 수희의 말투가 평소대로 되돌아왔다.

재건은 그녀가 앞에 있기라도 한 것처럼 고개를 끄덕였다.

"나 오늘 술 잔뜩 마셨어. 이제 막 헤어지고 술 좀 깨려고 명동에서 걸어가는 중인데…… 집 대신 작가님들 있는 사무실로 갈까 봐. 네가 없으니까 외로워서."

—금방 한국 돌아갈 거야. 이제 얼마 안 남았잖아.

"결혼하자. 너 오면 바로 부모님 뵙고 정식으로 인사드리고 날짜 잡고 싶다."

—진지하게 고민해 볼게. 너 프로포즈하는 거 보고.

"지금 프로포즈하고 있잖아."

—뭐야? 이렇게 통화로? 구려, 인정 못해. 근데 지금 계속 걷고 있는 거야? 명동이라면서? 택시 타.

"더 걸을 거야. 서울역 지나고 남영 지나고 용산 지나서…… 노량진 거쳐 영등포 지나서 우리 집도 패스하고 대만까지 걸어갈란다."

—이분이 진짜 취했나 봐. 빨리 택시 안 탈 거야? 걱정되잖아.

재건은 낄낄거리며 계속해서 걸음을 내디뎠다.

한 걸음, 두 걸음 나아갈 때마다 어둠이 사라지고 수희가 가까워 온다.

친한 벗 정진에게도 해본 적 없는 술주정이 술술 잘도 나오는 밤이었다.

아무런 걱정도 근심도 없었다.

같은 시각.

명석과 유진은 이제 막 호텔 방에 도착한 참이었다.

"코트 벗어. 이리 와, 내가 해줄게."

"그렇게까지 취하지 않았어. 내가 할 수 있어."

유진이 스스로 코트를 벗었다.

코트를 받아 옷걸이에 거는 명석에게 그녀는 짓궂게 웃으며 말했다.

"용케 오늘은 내 방까지 들어오셨네. 전에는 호텔 앞에서 돌아가시더니."

"……네가 많이 취했잖아. 커피 한잔 줄까?"

"너도 마실 거면 줘."

"그래, 한 잔씩 하자."

명석이 캡슐 커피 두 잔을 들고 테이블 앞 소파에 앉았다.

부스럭거리는 소리에 무심코 돌아보니 유진이 스웨터를 벗고 있었다.

"어때? 아직도 쓸 만한 몸매지?"

유진이 민소매 셔츠 차림이 된 몸을 빙글 돌려 보였다.

명석은 무표정하게 시선을 거둬들이고 커피 잔을 입가로 가져갔다.

"뭐야, 쳐다보기도 싫다는 거야?"

"내가 덮치게 될까 봐 무서워서 그런다."

농담처럼 대꾸했지만 명석은 얼마 정도 진심이었다.

자신이 손을 뻗어도 유진이 거부하지 않으리라는 확신이 있었다. 여전히 변함없는 그녀의 마음을 알고 있는 까닭이다.

하지만 그래서 더욱 마음에 걸렸다. 비겁하게 유진의 마음과 상황을 이용해 자신의 외로움을 채우고 싶지 않았다.

더불어 모든 것이 제자리로 되돌아갈 것이다.

한 번으로도 족한 이별의 아픔을 두 번 반복할 수는 없었다.

"와서 커피나 마셔. 나도 이것 한 잔만 마시고 가……."

명석이 말을 잇지 못했다.

등 뒤로 다가온 유진이 그의 목덜미를 끌어안고 있었다.

"오늘 같이 있어주라."

"무슨 소리야, 또."

"지난번에 너 그냥 돌아간 날, 밤새도록 한숨도 못 잤어. 다른 거 원하는 거 아니야. 내 성격 알잖아. 오늘 하루만 같이 있어주면 돼."

유진이 팔을 풀고 소파를 빙 돌아와 명석 곁에 앉았다.

코끝이 닿을 듯 말 듯 두 사람의 얼굴이 가까워졌다. 뒤흔들리는 눈이 서로의 얼굴을 비추고 있었다.

누가 먼저랄 것도 없었다.

순식간에 맞붙은 입술 사이로 혀가 밀려들었다. 팽팽히 당겨졌던 이성의 끈이 더는 버티지 못하고 끊어져 나갔다.

유진의 목덜미를 잡았던 명석의 손이 등줄기의 곡선을 따라 아래로 서서히 내려갔다. 수년 만에 만져 보는 그녀의 육체는 여전히 아름다웠고 손에 익숙했다.

"불 꺼줘."

"싫어."

명석이 유진을 안아 들고 거칠게 침대에 눕혔다.

벗겨진 옷가지들이 사방으로 널브러졌다.

오래도록 쌓여왔던 갈증이 폭발하면서 두 사람의 몸이 하나로 뒤엉켰다.

93장
착각이 아니야

"뭘 해도 이길 수가 없어요, 도준 씨. 수표를 받았든 카페 CCTV든 이런 걸로는 아무것도 증명이 안 돼요. 맞고소로 일만 더 커지게 될 겁니다. 이건 시작부터 채보라가 승자로 점쳐진 싸움이에요."

"하아……!"

도준은 변호사 사무실 사무장의 말을 되새기며 지끈거리는 머리를 뒤흔들었다.

TV에서는 패러마운틴 영화사에 판권이 판매된 '겨자 목욕탕'에 관한 뉴스가 흘러나오는 중이었다.

[……180만 달러의 판권료는 한화로도 21억에 달하는 금

액인데요. 지금껏 할리우드에 수출된 모든 한국 영화를 통틀어 최고 수준이라고 볼 수 있습니다.]

[네, 그렇습니다. 한국 극장가에서 370만 명이라는 역대최고 스코어를 기록하고 상영이 종료된 겨자 목욕탕은 이제 중국 진출을 코앞에 두고 있죠?]

[네, 배급을 맡은 틴센트 픽쳐스 담당자는 '370만 명의 관객은 중국에서 사흘이면 가능하다. 겨자 목욕탕이 선방할 수 있도록 최선을 다하겠다'라는 말로 자신감을 드러냈습니다. 영상으로 이어드리겠습니다.]

삑삑삑삑.

비밀번호 누르는 소리가 울리며 문이 열렸다.

채린의 방문이라는 사실을 알기에 도준은 돌아보지 않고 TV만 바라보았다.

"어쩜 사람이 왔는데 보는 척이라도 해야 되는 거 아니니?"

"세 시간 만에 다시 만나는 걸 뭐."

"정말 정 떨어지는 사람이다. 그쵸, 재건 오빠?"

"……?!"

도준이 흠칫 떨며 돌아보았다.

채린 혼자만 찾아온 것이 아니었다.

나란히 선 재건이 한쪽 눈두덩을 가볍게 찌푸리며 웃고 있었다.

"야, 재건아. 말도 없이 어쩐 일로……."

"네가 요즘 만날 바쁘단 핑계로 피해서 정말인가 싶어 와 봤다. 보드카 마시면서 TV 보는 걸 보니 거짓말이었네. 나도 한잔 줘."

재건이 도준의 옆자리에 몸을 앉혔다.

도준은 그의 어깨 너머로 채린을 원망스럽게 노려보았다.

채린이 못 본 척 딴청을 부리며 주방 쪽으로 돌아서고 있었다.

"제, 제가 안주 좀 챙겨다 드릴게요, 오빠."

주방에서 덜그럭거리는 소리가 울리는 가운데. 도준이 술병을 들어 재건의 잔을 가득히 채워주었다.

술잔을 입으로 가져가면서 재건은 중얼거리듯이 말했다.

"고맙다."

"……하여간 이채린 저거, 의리가 없어요."

"채린이 원망하지 마. 태봉이 형이 먼저 알려줬어."

"뭐? 진짜?"

"얼마나 걱정됐으면 나한테 말할 생각을 하셨겠어. 근데 이제 그만해. 네 마음 알고 정말 고마운데, 이렇게 소중한 시간 낭비하는 거 원하지 않는다."

두 남자는 건배를 생략하고 독한 보드카를 단숨에 들이켰다.

쟁반에 과일과 치즈를 담아 돌아온 채린이 쭈뼛거리며 눈치를 보고 있었다.

도준이 힐끗 눈길을 던지고는 퉁명스럽게 말했다.

"나는 사과."

"어, 오빠. 사과 먼저 까 줄게! 히히."

잔을 높이 들면서 재건이 확인하듯 도준에게 말했다.

"맹세해라. 질풍노도 촬영에나 집중하겠다고."

"채린이랑 태봉이 형에 이어서 너까지 이럴래? 그리고 너, 내일 대중문화예술상 시상식이잖아. 술 마셔도 되냐?"

"그건 내가 알아서 할 일정이니까 말 돌리지 말고. 빨리 맹세하라고."

"유치하게 무슨 맹세. 아, 그래. 맹세. 됐냐? 이제 마셔 그냥 좀. 너 문화부 장관 표창 받게 된 걸로 건배나 하자."

잔이 부딪치고 독한 술이 목젖으로 넘어갔다.

얼굴은 웃으면서도 서로를 위해 뭘 해줄 수 있을지 속으로 고민하는 두 사람이었다.

BIG LIFE

[문화부 장관 표창 받은 작가 하재건. 대중의 반응은 '어렵쇼?']

[하재건 문화부 장관 표창 수상 논란, 대중문화 발전을 위한 예

술인의 기여도는 대체 기준이 어디?]
[한혜선 교수 문단 격파 기고, 보수적이고 폐쇄적인 문단 사회 다시 한번 맹비난]
[하재건 전화 인터뷰, '상은 전혀 중요하지 않다. 내 글을 읽어 주는 독자분들이 소중할 뿐.']

"예상대로 난리가 났군."

인터넷 뉴스를 들여다보며 명석이 자조하듯 웃었다.

추측했던 대로였다. 국무총리도 아니고 문화부 장관 표창을 받은 재건을 두고 다양한 언론이 부정적인 견해를 쏟아내고 있었다.

"아버지 기사는 다 파묻혔네……."

예술상의 가장 큰 꽃이었던 금관문화훈장을 수여받은 태진에 관한 기사는 눈에 잘 밟히지도 않았다.

언론과 대중의 가장 큰 관심은 온통 문화부 장관 표창을 받은 괴물 작가 하재건에게만 집중되어 그에 관한 온갖 기사를 쏟아내기 바빴다.

똑똑.

"네, 들어오세요."

문이 열리고 태진이 들어섰다.

명석은 놀란 얼굴로 모니터 화면을 끄고 일어섰다.

"아니, 아버지. 집에 계시지 왜 회사로 오셨어요?"

"너 두 번 걸음하게 하기 싫어서. 만나서 같이 가면 좋지."

대답하는 태진의 손은 한 뭉치의 원고를 쥐고 있었다. 완성하고 얼마 되지 않아 여전히 퇴고를 거듭하고 있는 새 장편소설이었다.

원고를 가져온 목적은 장남이 아닌 다른 작가에게 보이고 의견을 듣기 위함이다.

"너 말고 하 작가에게 보이려니 이상하게 가슴이 떨리는구나. 마치 학생 때처럼 겁이 난다."

"좋은 글이에요, 아버지. 읽고 감탄을 금치 못했다는 제 말은 과장이 전혀 아니었습니다. 분명 하 작가님으로부터도 좋은 평가가 나올 겁니다."

"그래……. 그랬으면 좋겠다……."

태진이 스스로를 안심시키듯 중얼거리며 소파에 앉았다.

힘이 들어간 두 손은 원고를 구기듯이 쥐고 있었다. 수십 년 세월을 관통하면서 쌓인 수많은 사연이 두터운 원고에 무게를 더했다.

BIG LIFE

"누나야 대찬성이야."

"정말 내가 먼저 가도 괜찮다는 거지?"

"시대가 어느 땐데 그런 걸 따지니? 아빠랑 엄마, 나 신경 쓰시느라 말씀 안 하시는 거지 얼마나 좋아하신다구. 수희 돌아오면 바로 부모님께 인사드리러 가."

재인이 해맑게 웃으며 재건의 옷매무새를 고쳐 주었다.

오늘 재건은 평소의 편한 복장 대신 세련되고 깔끔한 정장을 입고 있었다. 명석만이 아니라 태진과 함께 저녁을 먹는 자리이기 때문이다.

"우리 재건이 멋있어. 볼 때마다 어찌나 설레는지."

"낼모레 서른이야. 그만 좀 해. 아……."

재건이 돌아서다 말고 손가락을 튕기며 물었다.

"누난 어떻게 돼가고 있는데?"

"나? 뭐가?"

"남 이사님이랑 그 이후 어떻게 됐냐고."

"아…… 그건……"

"매번 물어볼 때마다 얼굴 붉히고 말끝 흐리는 게 대답이야? 내가 남 이사님 만나서 직접 여쭤본다?"

"하, 하지 마. 그러지 마, 재건아."

재인이 금세 근심 어린 표정으로 양어깨를 움츠렸다. 답답하다는 시선으로 쳐다본 끝에 재건은 고개를 가로저었다.

"좋은 감정으로 만나고 있는 건 맞지?"

"……."

"그것만 말해봐. 확실하지?"

"으응……."

"어떻게 되든 확실히 해. 사람 걱정하게 하지 말고."

"알았어. 너 이러니까 무섭다. 이제 그만하고 가."

재인이 재건의 등을 떠밀었다.

텅 빈 거실을 지나 구두를 신으면서 재건이 중얼거렸다.

"아버지랑 엄마는 늦으신다고?"

"부부 동반 모임 가시면 저녁까지 드시잖아. 그래도 이제 두어 시간이면 들어오실 거야."

재인이 차고까지 재건을 배웅해 주었다. 명석에게 선물 받은 멋진 차를 새삼스런 눈길로 내려다보는 재인이었다.

"누나 이제 들어가."

재건이 차문을 열고 운전석에 올라탔다. 시동을 거는 그에게 재인이 창밖에서 말을 건넸다.

"그러고 보니 엊그제 남 이사님이랑 통화했는데 더 브레스 말씀하시더라. 정말 재밌게 읽었다고 몇 번이나. 사업적으로 활용할 길을 모색하고 있다고 하시던데."

"그래? 또 모바일 게임 만들고 싶으신 건가?"

"그건 누나도 모르겠다. 아무튼 오스카의 던전이 엄청 성공했잖아. 하재건 작가님 단단히 붙들고 싶겠지."

재인이 싱긋 웃으며 재건의 뺨을 살짝 꼬집었다. 안전벨트를 끌어내리는 재건은 입술을 삐죽 내밀고 있었다. 누나의 이런 어린애 취급은 환갑이 넘어가도 이어지리라.

"그럼 갈게. 누나도 저녁 먹어야지."

"응, 학원 유 선생님이랑 먹기로 했어. 걱정 말고 가."

재건이 창문을 올리고 액셀을 밟았다. 대로로 진입하면서 그는 오늘 만날 사람인 태진을 생각했다. 정확히는 그의 새 장편소설을 뇌리에 되새기고 있었다.

'엄청난 글이었어…….'

처음 읽었을 때의 전율이 다시금 온몸을 울리는 듯했다.

소설의 주인공은 친구와 여자를 전부 잃고 폐인이 된 한 남자다. 그는 직장마저 버리고 온 세상을 떠돌면서 하루하루 생계를 위해 닥치는 대로 일한다. 그 과정에서 또 여러 사람을 만나면서 상처받고 성장하는 모습을 그리고 있는 작품이었다.

'오늘은 결말까지 읽을 수 있겠지.'

재건은 태진의 원고를 중반까지는 읽었다. 퇴고를 끝낸 절반 분량을 명석이 사전에 보내준 덕분이다.

오늘 만나면 나머지 분량을 식사하는 자리에서 접할 수 있게 될 것이다.

'나도 연륜이 쌓이면 그런 글을 쓸 수 있게 될까.'

최근 들어 재건은 글을 거의 쓰지 못했다. 태진의 새 장편소설을 읽고 난 후유증 때문이었다.

지독하게 잘 쓴 작품이란 생각밖에 들지 않았다. 실로 오랜만에 생소한 감각마저 느꼈다. 스스로도 어이가 없었지만 그 감각은 바로 시기심이었다.

태진의 글을 읽고 난 뒤 자신의 글을 들여다보니 참담해지기까지 했다. 특히 멍청한 여자와 90년대 소년 등등 초기작들과 견주어볼수록 자괴감이 더했다.

하루는 남들 몰래 혼자서 밤새도록 술을 마신 적도 있었다. 밤새도록 좋은 글이란 무엇인가에 관한 번민으로 몸부림을 치면서.

고독했던 그날 밤의 풍경이 눈앞에 그려지면서 재건은 씁쓸히 웃었다.

'차가 좀 막히긴 했네.'

퇴근 차량이 몰리기 시작한 터라 도착하기까지 다소 시간이 걸렸다.

그래도 일찍 출발한 덕에 약속 시간 20여 분을 남기고 도착할 수 있었다.

"하 선생님, 일찍 오셨네요!"

"아, 편집장님!"

주차장에 차를 대고 내린 재건을 명석이 두 팔을 벌리고 반겼다. 재건은 웃으며 가볍게 그와 포옹을 나눴다.

"왜 이렇게 일찍 오셨어요? 전 제 시계를 잘못 본 줄 알았습니다."

"조금 일찍 와서 앉아 있었습니다. 워낙 미리 오시는 하 선생님이셔서 이제 도착하실 때가 되지 않았나 싶어 올라와 봤더니 역시, 제 직감은 틀리지 않았네요. 들어가시죠."

재건은 명석을 따라 식당으로 들어섰다.

태진과 처음 만났을 때도 이용했던 복요리 전문점이었다.

계단을 밟으며 명석이 말을 건넸다.

"이 식당이 좋겠다고 하신 걸 보면 선생님 입에도 음식이 잘 맞았나 봅니다."

"네, 그때 대표이사님과 편집장님 뵐 때 와서 먹어보고 맛있어서 엄청 놀랐었습니다. 다시 와야지, 와야지 하다가 이제야 또 덕분에 와보게 되네요."

식당 문을 열고 들어서니 내측에 앉은 태진이 보였다. 고개를 숙이고 원고를 점검하는 중이었다. 재건이 지척에 다다를 때까지도 눈치를 채지 못했다.

"아버지, 하 선생님 오셨어요."

"아, 이거 미안해요. 어서 와요, 하 선생."

태진이 허둥지둥 웃으며 일어났다. 재건은 여전히 풍채가 좋은 그의 두터운 손을 맞잡고 악수를 나눴다.

"예술상 때는 제대로 인사도 못 나누고 아쉬웠어요."

"그러게 말입니다. 대표이사님, 금관문화훈장 다시 한번 진심으로 축하드립니다."

"하 선생의 문화부 장관 표창이 훨씬 가치 있는 거요. 내 보기에 하 선생이라면 마흔쯤에는 받으시게 될 거 같은데. 다 늙어서 이런 거 하나 받은 나야 뭐."

"겸손이 지나치십니다."

인사를 주고받은 끝에 모두가 자리에 앉았다.

한동안 소소한 문학계의 이야기, 재건의 해외 진출 성과를 둔 치하가 이어졌다.

부글부글 끓는 전골이 반쯤 줄어들었을 즈음, 틈을 찾은 재건이 넌지시 청했다.

"저기, 대표이사님. 그 장편 나머지 원고를 좀……"

"아아, 그래요. 부끄러워서 먼저 말해주길 기다리고 있었어요. 여기 있어요."

그렇게 말하며 원고를 내미는 태진은 정말로 얼굴이 발그레했다. 무척 연모하던 한 여학생에게 마음 가득 담긴 편지를 건넸던 오래전의 그날처럼.

"중반부까지는 전부 읽었습니다."

원고를 받아 들며 재건이 말을 꺼냈다.

긴장한 기색이 역력한 태진은 목울대를 울리고 있었다.

"거, 하 선생이 보시기엔 어땠습니까?"

"정말 좋았습니다."

재건이 힘을 주어 말했다. 단호한 표정으로 태진을 바라보며 그는 한마디 말을 덧붙였다.

"열등감을 느꼈을 정도로요."

"어허허……"

"인사치레로 말씀드리는 거 아닙니다. 대표이사님의 글을 읽고 나서 한동안 제 글을 제대로 쓸 수 없을 지경이었습니다."

글에 대해 이야기할 땐 절대로 우회하지 않는다.

내 글의 발전을 위해, 나아가 상대의 노고를 위해 있는 그대로의 마음을 표현한다.

칼같이 지켜온 재건의 고집은 대학 시절 한혜선 교수로부터 물려받은 것이었다.

"정말 감사합니다. 세상 어떤 독자들보다 빠르게 이토록 좋은 글을 읽게 해주셔서요."

재건이 자리에서 일어나 허리까지 숙였다.

덩달아 당황한 명석과 태진도 무심코 의자에서 엉덩이를 떼고 있었다.

"이, 이거 참…… 허허, 고마워요. 너무 고마워. 이것 참 어디 쥐구멍이 있으면 숨고도 싶고, 한편으론 너무 기뻐서 가슴이 다 뛰고…… 이 나이에 주책이지.”

태진은 어쩔 줄을 모르겠다는 듯이 기쁨에 겨워 허둥거렸다.

명석도 놀란 표정으로 웃음을 그치지 못했다. 자신은 있었지만 재건이 이 정도로 극찬을 하리라고는 생각하지 않았던 것이다.

다시 자리에 앉은 재건이 원고를 들어 보이며 물었다.

“실례를 무릅쓰고 여쭤봅니다만, 이 자리에서 나머지 분량을 읽어봐도 될까요?”

“아니, 뭐 상관은 없지만…… 이 자리에서요?”

태진이 웃음을 그치고 멀거니 되물었다. 절반이라고 해도 8만 자에 가까운 분량이다. 조금이라도 내용을 음미하면서 읽으려면 아무리 빨라도 30분 이상은 걸릴 것이라는 게 그의 생각이었다.

“속독으로 전체적인 스토리 전개만이라도 알고 싶습니다. 뒷내용이 너무 궁금해서요. 식사하시는데 정말 죄송합니다만 지금 읽게 해주시면 무척 감사하겠습니다.”

“그, 그러세요. 나랑 편집장은 신경 쓰시지 말고. 나야 반길 일이지.”

태진이 두근거리는 가슴을 억누르고 말했다. 한시라도 빠른 감상이 절실했던 터라 무척이나 고마운 일이기도 했다.

"그럼 두 분 신경 쓰이실 일 없도록 차에 올라가서 읽고 오겠습니다."

"아니, 그러실 것까지야……"

"식사도 다 했으니까요. 30분 내로 돌아오겠습니다."

재건에게는 식당을 나와야 할 이유가 있었다. 차로 돌아온 그는 운전석에 앉아 서건우의 뿔테 안경을 꺼내 들었다. 안경을 얼굴에 쓰자마자 손에 쥔 태진의 원고를 펼쳤다. 깨알처럼 박힌 활자가 순식간에 두 눈으로 빨려들기 시작했다.

'으음……?!'

불과 몇 페이지를 넘기다 말고 재건이 얼굴을 찌푸렸다. 생겨난 주름 사이사이에 새겨진 감정은 뜻 모를 의구심과 실망감이었다.

'느낌이 이상한데? 이게 이렇게 될 리가……?'

1만 자 정도까지는 그럭저럭 괜찮았다.

문제는 소설의 절정에 돌입하는 대목에서부터 발생했다.

이질적인 문체와 그에 따르는 천편일률적인 묘사의 괴리감.

마치 다른 작가가 바통을 이어받아 쓴 듯한 느낌이었다. 재건은 홀로 앉은 차 안에서 커다란 혼란에 빠져들었다.

'뭐야? 여기서부터는 또 자연스럽잖아?'

재건은 어안이 벙벙해져 입을 떡하니 벌렸다.

결말 부분부터의 1만 자는 다시 소설 본연의 흐름을 되찾고 있는 것이 아닌가.

주인공이 사랑하는 여자와 재회하고, 멀찍이서 서로를 바라보는 것으로 소설은 끝을 맺고 있었다. 재건의 두 눈은 굳게 찍힌 마침표에서 오래도록 떨어질 줄을 몰랐다.

'내가 지나치게 엄격하게 보는 걸까.'

문득 쓰고 있는 서건우의 뿔테 안경에 대한 의심이 들기까지 했다.

어쩌면 이 안경을 통해 선배님의 날카로운 안목이 작용한 건 아니었을까.

생각이 거기까지 미친 재건은 이번엔 안경을 벗고 다시금 글을 읽어보았다.

'아니, 내 착각이 아니야…….'

맨눈으로 읽어도 결과는 마찬가지였다. 앞서 느꼈던 감상은 조금도 달라지지 않았다.

재건은 무릎 위로 원고 뭉치를 떨어뜨리고는 길게 한숨을 내뿜았다.

식당 안에서 태진을 극찬했던 일이 후회되는 순간이었다.

같은 사람의 글이 이렇게까지 틀어질 수도 있을 줄이야.

시계를 보니 어느새 약속한 30분이 넘어가고 있었다.

재건은 차에서 내려 식당으로 돌아왔다.

문을 열자마자 노심초사 기다리고 있던 태진과 명석이 시선을 던졌다.

"정말로 30분 만에 돌아오셨네요."

"네, 너무 오래 자리를 비울 수는 없겠다는 생각에 속독을 했습니다."

기대감 가득 품은 태진의 두 눈이 흔들리고 있었다.

재건은 헛기침을 한 번 하고는 생각한 바를 말했다.

"다시 한번 정독한 뒤 메일로 감상을 작성해서 보내드려도 괜찮으실까요? 속독한 것으로 감상을 드리는 건 더없는 결례라고 생각이 들어서요."

"아아, 네……. 그럽시다, 그렇게 해주시면 고맙지."

태진이 고개를 느릿느릿 끄덕였다. 안타까움과 안도가 반씩 뒤섞인 한숨을 내뿜으면서. 감상이 절실한 데에는 작가로서가 아닌 다른 인간적인 이유도 있었기 때문이다.

"자, 하 선생. 한잔 받으시오."

"감사합니다. 저도 한잔 드리겠습니다."

세 사람이 술잔을 높이 들었다.

건배를 나누는 태진은 마음이 몹시 불안했다. 60년 이상의 삶을 살아오면서 얼마간 사람의 표정을 읽을 줄 알게 됐다. 자리로 돌아온 이후 내내 어딘지 경직된 재건의 모습이 마음에 걸리는 것이었다.

수많은 의문이 목젖까지 치솟았지만 스스로 내뱉을 수 있는 건 하나도 없는 태진이었다. 슬쩍 돌아보니 장남은 그저 즐겁기만 한 기색으로 재건과 대화를 나누고 있을 뿐이었다.

94장
억 잔이라도 문제없습니다

['오스카의 던전' 효과 터졌다. 넥션 모바일 게임 매출 전년 대비 24% 성장]

[한국과 중국에서 대성과, '오스카의 던전' 다음 표적으로 대만 진입 초읽기]

[넥션 기획 이사 남규호, '겨자 목욕탕 모바일 게임도 순항 중, 탄탄한 원작의 힘']

[지역 여성 단체 우려의 목소리, '학생층 중독 막기 위해 오스카의 던전 이용 등급 높여야']

아무도 없는 이른 오전의 휴게실.

규호는 핸드폰으로 뉴스를 보며 싱글거렸다.

그야말로 계속해서 고공행진이다. 한국과 중국을 강타하는 '오스카의 던전' 열기는 식을 줄을 모르고 나날이 뜨거워지고만 있었다.

'이 정도까지 흥행할 줄은 몰랐어.'

누적 다운로드 수와 매출액이 예상했던 것의 배를 훨씬 넘었다.

규호는 스스로의 안목에 감탄하며 혼자 혀를 내둘렀다. 뒤이어 움직인 손가락이 핸드폰 화면에 불러들인 것은 '더 브레스' 1권 전자책이었다.

'다음은 이놈인데 말이지…….'

'더 브레스'를 두고 고민을 시작한 지는 꽤 됐다.

게임 회사인 만큼 당연히 게임으로 만들 생각이었다.

고민되는 것은 플랫폼이었다.

'어느 쪽으로든 모양새가 좋은데, 흠.'

상념 속에서 규호는 멍하니 스크롤을 내렸다.

이미 수없이 읽은 소설인데도 다시금 빠져들었다.

본디 자신의 안목을 유별나게 신뢰하는 성격이었다. 이걸로 게임을 만들면 뭐가 됐든 망할 리가 없다. 극단적인 결론을 내리고 다시 또 스스로 수용하며 웃는 규호였다.

"크, 크크큭…… 푸하하하핫!"

규호가 작위적이고도 사악한 웃음소리를 크게 터뜨렸다.

'더 브레스'의 주인공이 동료를 잃고 정신이 반쯤 나가 버리는 장면이었다.

등 뒤로 문을 밀고 들어왔던 한 직원은 얼굴이 새하얗게 질려 돌아서고 있었다.

드르륵!

핸드폰이 울리며 소설 화면이 상대의 이름으로 뒤바뀌었다.

규호는 즉시 웃음을 거두고 전화를 받았다.

"네, 남규홉니다."

-안녕하세요, 이사님. 문자 주신 거 이제 봤어요. 출근하셨어요?

"네, 회삽니다. 휴게실에서 커피 한잔하고 있지요."

규호는 대답과 동시에 유리창에 비친 자신의 모습을 점검하고 있었다. 재인과 통화할 때면 마치 눈앞에 있는 것처럼 행동하게 되는 것이다.

-아침은 드셨고요? 또 우유 한 잔으로 때우신 건 아니죠?

"저 말 잘 듣는 남잡니다. 밥 먹었습니다."

-네, 잘하셨어요.

재인의 싱그러운 웃음이 귓가로 스며들었다.

규호는 괜스레 양어깨가 으쓱해졌다. 회사 일로 아버지에게 받는 칭찬보다 재인의 이런 한마디가 더 뿌듯하게 다가왔다.

"재인 씨도 아침 드셨죠?"

–네, 먹었어요. 이제 나갈 준비하려고요.

"학원을 벌써 가십니까?"

–아니요, 오늘 서울에 볼일이 좀 있어서요. 고등학교 동창회 문제 때문에 친구 한 명 만나러 올라가요.

서울이라는 말에 규호의 두 눈이 번쩍 뜨였다.

"그래요? 식사는 친구분과 하실 테니 짬이 나시면 저랑 커피라도 한잔하실까요?"

–괜찮으시겠어요? 저는 좋지만 이사님 바쁘실 텐데…….

"제 걱정은 마시고 이따 연락이나 주세요."

–네, 그럼 친구 만나보고 상황 봐서 연락드릴게요.

"꼭입니다."

–그럼요, 꼭이요.

통화를 끝낸 규호는 휘파람을 불며 화장실로 향했다.

거울에 비친 옷차림을 보면서 그는 불만스럽게 코를 울렸다.

재인과 만나게 될 줄 알았다면 조금 더 신경을 썼을 텐데.

드르륵!

핸드폰이 울리며 메시지가 날아들었다.

손을 씻으려다 말고 내용을 확인한 규호는 두 눈을 동그랗게 떴다. 재건이 보낸 메시지였다.

-안녕하세요, 이사님. 별고 없으시죠? 덕분에 오스카의 던전이 잘되고 있어서 언제 한번 저녁 식사라도 대접해 드리고 싶습니다. 한가하실 때 연락주시면 감사하겠습니다.

'흐음……?'

고개를 갸웃거리는 규호의 얼굴에서 경계심이 묻어났다.

정말로 '오스카의 던전' 때문에 만나자는 건가 싶은 의구심이 들었다. 자신이 재인과 남녀로서 만난다는 사실을 알고 있을 테니까.

'아씨, 지금은 보기 좀 거북한데.'

규호는 지금 재건을 만나기가 두려웠다.

아직 아버지를 설득하지 못했다. 재인에 관한 얘기가 화제로 나오면 긍정적인 확답을 줄 수가 없는 것이다.

-말씀만이라도 감사드립니다. 제가 빠른 시일 안에 연락드리겠습니다.

규호가 고민 끝에 답장을 간략히 적어서 보냈다. 평소라면 전화를 걸었겠지만 지금으로서는 그것조차 무리였다. 화장실을 나오는 그의 안색은 벌써부터 근심으로 어두워지고 있었다.

"너무 오랜만이다, 재인아. 넌 어떻게 하나도 안 변했니? 살도 안 찌고 학생 때 그대로네."

"무슨 소리야. 나 오늘 방탄 메이크업했잖아. 주름 가리려고 얼굴에 갑옷 입었어. 너야말로 여대생 같네."

재인이 오랜만에 만난 숙희의 두 손을 맞잡고 웃었다.

고등학교 3학년 때 같은 반이었던 친구다. 제법 어울려 다녔지만 많이 친하지는 않았다. 시기심이 많은 데다 자신을 과시하는 면모가 있어서 재인 쪽에서 적당히 거리감을 두고 지냈었다.

"이렇게 보니까 정말 좋다. 어떻게 시간 난다는 애들이 너랑 나밖에 없니?"

"그러게 말야. 다들 결혼하고 애 키우느라 바쁜가 봐. 우리 일단 움직이자, 숙희야. 점심 뭐 먹을래?"

두 사람은 근처의 식당에서 점심을 먹으며 동창회 일정을 논의했다. 시간과 장소까지 정해지고 난 다음 다시금 일상적인 대화로 되돌아왔다.

"네 동생 요즘 엄청 잘나간다며? 뉴스 검색해 보니까 장난 아니더라. 할리우드에서 판권까지 사가고."

"응, 그냥 좀 잘됐어. 열심히 하니까."

재인은 짧게 대꾸하고 말을 아꼈다.

친한 친구였으면 신나서 동생 자랑을 늘어놓았으리라.

하지만 상대는 취미가 질투고 특기가 시기인 숙희였다.

“치, 기지배. 엄청 좋으면서 담담한 척은.”

“그런 거 아니야.”

“돈은 얼마나 버니? 한 100억쯤은 벌었니?”

숙희가 거듭 물어왔다.

재인은 난처한 듯 웃으면서 애매하게 고개를 끄덕였다.

곧바로 숙희가 놀란 듯이 입을 떡하니 벌렸다.

“정말? 정말로 100억이나 벌었다는 거야?”

“뭘 그런 걸 자꾸 묻고 그래.”

“아니, 무슨 글을 써서 그렇게 많은 돈을 벌어? 그냥 한번 던져 본 말인데.”

“전자책 시장이 커져서 그 덕을 좀 봤나 봐.”

숙희가 혀를 내두르며 몸을 뒤로 뺐다.

애초에 이제 곧 결혼할 남자 친구의 재력을 자랑하려고 돈 얘기를 꺼냈던 참이다. 말문이 막힌 그녀의 가슴속에서 한가닥 울분이 샘솟고 있었다.

“그렇구나. 정말 잘됐네. 글 쓰는 사람들 고생한다는 거 다 옛말이구나. 나도 소설이나 한번 써봐?”

숙희가 기지개를 켜며 짐짓 태연한 척 너스레를 떨었다.

그러더니 조준점을 변경해서 말을 이었다.

"근데 소설이든 뭐든 요즘 연애하느라 바빠서. 취미 생활을 할 시간이 도통 안 나네."

"프사 봤어. 잘생기셨더라."

"그냥 좀 생기긴 했지? 스윙 댄스 동호회에서 만났는데 얼굴에 부티가 난다 싶었더니 집이 꽤 살더라고. 아버지가 IT 쪽 중소기업 사장이시거든."

"잘 만났네, 축하해. 결혼식하면 내가 부케 받아야지."

재인이 웃으며 축하를 건넸다.

숙희는 개운하지 않은 기색이었다. 재건의 존재에 억눌려 제대로 자랑하지 못한 기분이 들었다.

"너는 남자 친구 없어?"

"나? 으음……."

"표정 보니 있구나? 어떤 사람이야? 무슨 일해?"

숙희가 추궁하듯 득달같이 물어댔다.

재인은 남자 친구 대 남자 친구로 비교하려는 그녀의 속셈을 간파하고 의미 없는 미소를 입가에 그리고 있었다.

"응? 어떤 사람이냐고. 궁금하다."

"그냥…… 회사원."

"회사? 무슨 회사?"

"게임 회사 다녀."

규호를 생각해서라도 더 길게 말할 수는 없었다.

숙희는 측은하다는 눈길을 던지며 혀를 끌끌 차고 있었다.

"게임 회사 힘들잖아. 남친이 IT 쪽이라서 얘기는 좀 들었어. 엄청 박봉에 야근도 장난 아니라며?"

"세상에 안 힘든 일이 어딨겠어."

"그거야 그렇지만……. 에이, 그래. 남친이 좀 빈곤하면 어때? 동생 덕분에 네가 돈이 많을 텐데. 호호호."

숙희가 입을 가리고 웃음을 터뜨렸지만 재인은 속이 더부룩했다. 마음이 불편해서 헤어질 시간이 되기만을 속으로 간절히 바랐다.

"맛있게 잘 먹었네. 내가 낼게."

"아니야, 너 서울까지 올라왔는데 내가 내야지."

식사를 끝낸 재인과 숙희가 바깥으로 나왔다.

길 너머로 자리한 카페를 가리키며 숙희가 제안했다.

"커피 한잔할래?"

"정말 미안한데 학원 때문에 이젠 슬슬 내려가 봐야 돼."

재인이 쓴웃음을 지으며 사양했다.

숙희는 그다지 실망스럽지도 않다는 낯빛으로 고개를 끄덕였다.

"그럼 어쩔 수 없지 뭐. 내가 데려다줄까?"

“아니야, 지하철 타면 금방 가.”

“알았어. 조심히 들어가고 동창회하는 날 보자. 갈게.”

“그래, 너도 운전 조심해서 가. 또 보자, 숙희야.”

숙희와 헤어지고 난 재인은 약국부터 들렀다. 소화제를 하나 사 먹은 다음 지하철역으로 향하면서 그녀가 핸드폰을 꺼내 들었다. 신호음 끝에 규호가 금세 전화를 받았다.

—벌써 끝나셨습니까?

“네, 점심 먹고 동창회 장소 정하고 바로 헤어졌어요.”

—동창회 장소 문제 있으면 저한테 말씀하세요. 제가 좋은 곳으로 준비해 드릴 수 있으니까.

“아니에요, 이사님. 안 그래도 바쁘신데 무슨…….”

—여하튼 만나서 얘기합시다. 지금 어디십니까? 제가 그쪽으로 가지요.

“그러지 마시고, 제가 이사님 회사 근처로 가도 될까요?”

—회사 근처로…… 오신다고요?

“네, 여기서 얼마 안 먼 거 같네요. 오늘 간만에 나들이하는 기분도 들고, 괜찮으시다면 제가 이사님 쪽으로 갈게요.”

—괘, 괜찮긴 합니다만 이거…… 정말 안 힘드시겠습니까?

“정말로 얼마 안 멀다니까요. 그럼 다시 연락드릴게요.”

전화를 끊은 재인이 싱긋 웃었다.

규호가 어떤 표정을 짓고 있는지 알 것도 같았다. 만나면 만날수록 은근히 소년 같은 면모가 많이 보이는 남자였다. 개찰구를 지나는 그녀의 걸음이 빨라지고 있었다.

BIG LIFE

"회장님, 자꾸 이렇게 혼자 다니시면 안 됩니다. 제발 저에게라도 말씀 좀 해주십시오."

"배 실장은 걱정이 너무 많아. 아들 얼굴 보러 산책 좀 나가겠다는데 뭘 이렇게 성가시게 구나?"

규백이 투덜거리듯이 말했다.

모자를 눌러쓰고 등산복을 입은 차림새였다.

최근 산책을 나섰다 하면 무조건 목적지는 넥션 본사였다. 누군지도 모르는 여자와 연애한다는 아들 때문에 걱정이 이만저만이 아닌 것이다.

40대의 배 실장은 곤란한 표정으로 규백의 뒤를 바짝 따르며 말을 이었다.

"회장님을 알아보는 시민도 많을 텐데……."

"그래서 벙거지 쓰고 등산복 입었잖어."

"요즘 건강도 조금 걱정스럽고……."

"아, 그래서 의사 말대로 산책하고 있는 거잖어!"

규백은 개탄을 금치 못하고 있었다. 배 실장과 함께 있으면 간식 하나 마음대로 사 먹을 수가 없기 때문이다.

이건 몸에 나빠서 안 됩니다, 그건 위험해서 안 됩니다, 저건 원래 안 됩니다……. 말의 태반이 '안 됩니다'로 끝나는 심복이었다.

얼마간 걷다 보니 약국이 눈에 띄었다.

규백은 잘됐다 싶어 걸음을 멈추고 배 실장에게 말했다.

"이봐, 배 실장. 나 목이 타는데 벅까스 하나만 사다 주게."

"안 됩니다."

배 실장이 단호하게 고개를 가로저었다.

규백의 표정이 프레스에 말려들어가는 폐차처럼 찌그러졌다.

"지금 내 말을 못 듣겠다는 건가?"

"그게 아니라 회장님께서 무슨 생각을 하셨는지 알기 때문입니다. 두 번을 속진 않겠습니다."

몇 주 전의 일을 두고 하는 말이었다. 그때도 빵을 사다 달라고 부탁한 다음 배 실장이 사라진 틈을 타서 도망쳤던 것이다.

"진짜로 목이 말라서 그래. 그리고 내 목적지도 알잖아."

"으음……."

배 실장이 침음을 흘리며 규백의 어깨 너머로 고층 빌딩을 바라보았다. 불과 몇백 미터를 앞둔 그 건물은 규호가 일하고 있는 넥션 본사였다.

"알겠습니다. 정말로 여기 계셔야 합니다."

"아주 가로수처럼 뿌리를 박고 있겠네."

배 실장이 약국을 향해 달려갔다.

그가 자동문 너머로 들어선 직후 규백은 재빠르게 인파 속으로 몸을 던져 넣었다. 아이처럼 천진난만한 웃음이 만면에 가득했다.

"헉헉, 사람이 저렇게 일밖에 몰라서야……!"

거리를 꽤나 벌린 뒤에야 규백은 달리기를 그만두었다.

배 실장을 따돌렸다는 뿌듯함을 느끼며 그는 아이처럼 천진난만하게 웃었다.

'으윽……?!'

돌연 규백이 걸음을 멈추고 섰다. 만면에 가득했던 미소는 사라지고 없었다. 갑작스런 경련이 머리부터 발끝까지 온몸을 뒤덮었다. 심근경색으로 인한 발작이었다.

"허, 어허허……!"

규백이 길바닥에 몸을 무너뜨렸다. 대자로 쓰러진 채 하늘을 올려다보는 그의 얼굴이 백짓장처럼 새하얗기만 했다.

"어르신? 괜찮으세요?!"

갑자기 날아든 손길이 규백의 머리를 받쳤다.

"……!"

처음 보는 여자의 얼굴이 규백의 시야를 가득 메우고 있었다.

"어디 아프신 거예요? 여기 누구 구급차 좀 불러주세요!"

여자가 소리쳐 말하고는 바닥에 무릎을 꿇었다.

하얀 바지가 더러워지는 것도 아랑곳하지 않고 그녀는 규백을 다리에 받쳐 준 다음 거듭 물었다.

"혹시 심근경색이세요? 약 같은 거 가지고 다니세요?"

규백은 대답할 수 있는 상황이 아니었다.

여자가 다급하게 그의 몸 곳곳을 손으로 더듬었다. 가슴 안주머니에서 약을 발견한 그녀는 재빨리 규백의 혀 밑으로 약을 넣어주었다.

"뭐야, 무슨 일이래요?"

"저도 모르겠어요. 갑자기 쓰러지시던데요?"

어느새 많은 사람이 여자와 규백의 주위를 에워싸고 있었다.

잠시 후.

배 실장의 기겁한 얼굴이 인파를 헤치고 파고들었다.

"아이고, 회장님!"

배 실장이 사색이 되어 손에 든 자양강장제를 내던졌다. 규백에게 무릎을 빌려주고 있는 여자가 안심시키듯이 말했다.

"심근경색이시죠? 약 드렸으니 괜찮아지실 거예요."

"이거 정말 고맙습니다……! 잠깐 사이에 이런 일이……!"

배 실장은 스스로를 책망하며 팀원들에게 전화를 걸었다.

그런 다음 규백을 부축하며 여자에게 다시금 감사를 표했다.

"꼭 사례하고 싶습니다. 실례가 안 된다면 연락처를 좀 알려주십시오."

"안 그러셔도 돼요. 괜찮습니다."

"바지도 그렇게 더러워지셨는데. 나 이거 참, 세탁비라도 드려야 하는데 이럴 때 또 현금이……!"

"괜찮다니까요. 그럼 조심하시고 저는 이만 가 볼게요."

자리에서 일어선 여자가 바지를 툭툭 털고는 돌아섰다.

여전히 흔들리는 규백의 두 동공이 작아지는 여자의 뒷모습을 끝까지 담고 있었다.

찰나의 순간이었지만 여자의 얼굴은 또렷하게 그의 뇌리에 각인되었다.

"대체 왜 이러십니까, 아버지? 항상 조심하셔야지, 아니, 갑작스레 그렇게 달리면 위험하다는 거 모르세요?"

"그만. 배 실장한테 차고도 넘칠 만큼 들었으니 그만해라."

VIP 병실에서 주고받는 두 부자의 문답.

침상의 규백은 면목이 없어 뚱한 표정이었다.

배 실장의 전화를 받고 놀라서 뛰어온 규호는 넥타이를 풀며 이마를 구기는 중이었다.

"배 실장이 말씀드리면 좀 들으세요. 아버지 이팔청춘 아니십니다. 어머니도 안 계시고 바로 곁에서 모시는 사람은 배 실장뿐인데 제발 사람 걱정 좀 들게 하지 마시라고요!"

"알았다니까, 이놈아! 왜 이렇게 오늘따라 언성을 높이지?"

"하……!"

규호가 뜨거운 한숨을 토해내고는 병실을 나섰다.

그가 나가고 문이 닫히자 규백의 얼굴에서도 일부러 지어 보였던 노기가 즉각 누그러졌다.

"자식이, 누가 뭐 잘했댔나, 목청을 돋우고 그래……."

규백이 멀거니 중얼거렸다.

침상 곁에 묵묵히 서 있던 배 실장이 조심스레 말을 보탰다.

"그게…… 표현을 좀 어려워하셔서 저러시지, 누구보다도 회장님을 걱정하시는 분이니까요."

"나두 알어. 해본 소리야."

"주제넘은 소리 죄송합니다."

규백은 커튼이 걷힌 창밖으로 시선을 향한 채 한참이나 말이 없었다.

생기가 없는 그의 두 눈에 남산타워, 한강, 우면산의 풍경이 차례차례 담기고 있었다.

'많이 늙으셨어…….'

묵묵히 선 배 실장은 속이 시큰거렸다. 양어깨를 한껏 움츠리고 앉은 규백의 모습이 보기 측은했다.

애초에 깡마른 체구였다면 덜했을까.

원래 규백은 키도 큰 데다 건장하고 늠름한 남자였다. 그랬던 사람이 나날이 말라만 가고 있는 것이다.

배 실장의 기억에 따르면 사랑하는 아내를 먼저 떠나보낸 해부터 지금까지 지속적으로 하향 곡선이었다.

"이봐, 배 실장."

"네, 회장님."

배 실장이 즉시 하던 생각을 그만두고 대답했다.

규백의 두 눈은 여전히 바깥의 풍경을 이리저리 좇는 중이었다.

"자네가 내 옆에서 일한 게 얼마나 됐지?"

"네, 올해 꼭 15년 됐습니다."

"강산이 변하다 못해 뒤틀릴 세월이군. 별일이 다 있었지. 자네도 참 지겹겠다는 생각이 드네."

"지겹다니요, 회장님을 모시게 된 일은 제 일생 가장 큰 행운이자 축복입니다."

"없는 소리는 말어."

"없는 소리가 아닙니다. 자식들 대학 다 보내고, 아내에게 바가지 한 번 안 긁히고 이날 이때까지 당당한 가장으로 살아올 수 있었던 건 전부 회장님 은혜 덕분입니다. 회장님은 정말 멋진 분이십니다."

배 실장이 90도로 허리를 숙여 감사를 표했다.

어느덧 그의 정수리에도 흰머리가 꽤나 솟아나 있었다. 규백은 세월을 새삼 실감하며 입가에 한줄기 쓴웃음을 지었다.

“건 그렇고…… 그 아가씨를 그냥 보내 버려서 마음에 걸리는군.”

규백이 화제를 바꿔 중얼거렸다.

발작으로 쓰러진 자신을 도와줬던 여자의 얼굴이 눈앞에 생생했다.

“죄송합니다. 저도 경황이 없어서 미처 챙길 생각을 하지 못했습니다.”

“자네가 사과할 건 없고, 아무튼 마음이 영 찝찝해. 도움을 받았으면 갚아줘야 직성이 풀리는데. 연락처 하나 없으니 이거야 원.”

“다시 보시게 될 수도 있지 않을까요. 직장이 남 이사님 회사 근처일지도 모르고 말입니다.”

“그럴까.”

규백이 슬며시 고개를 옆으로 돌렸다.

아들이 박차고 나간 문을 바라보며 그는 말을 이었다.

“자네 큰아들 놈 결혼이 언제라고 했더라?”

“조금 앞당겨져서 다음 달 하순입니다.”

“잘됐군. 규호 놈도 빨리 장가보내야 할 텐데. 한심한 놈이 후계자로서의 자각이 없어. 평생 일만 하다 홀로 늙어죽을 작정인가?"

규백은 애초에 아들이 좋아한다던 여자를 신붓감으로 전혀 고려하고 있지 않았다.

당당하게 소개하지 못하는 데에는 그만한 이유가 있을 테니까. 보나마나 어딘가 심각한 하자가 있는 여자일 거라는 생각이었다.

BIG LIFE

그와 같은 시각.

병실 밖 복도에 선 규호는 아직도 한없이 일그러진 표정을 풀지 못하고 있었다.

돌아가신 어머니를 향한 아버지의 순애보가 이해되지 않는 건 아니었다. 하지만 한편으로 답답한 마음은 어쩔 도리가 없는 것이다.

"재혼이 싫으면 연애라도 하시든가……."

벽 하나를 사이에 두고 서로가 홀몸인 것을 걱정하는 두 부자였다.

규호는 혼자 고개를 설레설레 내저으며 자판기 쪽으로 걸음을 내디뎠다. 그 와중에 핸드폰이 울리며 재인으로부터 메시지가 날아들었다.

-문제는 잘 해결되셨어요? 걱정돼서 메시지 드려요.

-네, 다행히 잘 마무리됐습니다. 회사 앞까지 오시게 해놓고 오늘 정말 면목이 없습니다. 본의 아니게 실례하게 된 점 조만간 열 배로 대가를 치르겠습니다.

규호는 전화 대신 답장을 적었다.

편안하지 못한 감정이 목소리에서도 드러날까 겁이 났기 때문이다.

-표현이 살벌하세요. 열 배의 대가랄 것까진 없고 오늘 마시려던 커피 앞으로 열 잔만 남 이사님이 쏘세요. ^^

-억 잔이라도 문제없습니다.

답장을 보내고 난 규호가 사진첩을 열었다. 싱그러움을 발산하는 재인의 얼굴이 떠오르자 그도 덩달아 웃었다.

잠시 후 문 너머에서 규백의 잔기침 소리가 들려올 때까지는, 계속.

95장

먼저 말씀하세요

타다다닥!

타닥! 타다닥!

부천 작가 사무실에서는 오늘도 경쾌한 타자 소리가 그칠 줄을 몰랐다.

연우의 열 손가락이 활기차게 키보드 위를 뛰놀고 있었다.

'이제 걱정거리 다 사라졌나 보네.'

한 자리 건너 책상에서 표지를 그리고 있던 소미가 연우를 힐끗 보고는 웃었다.

소설 판매량이 부진하단 이유로 내심 힘겨워하던 연우였다. 다행스럽게도 재건과의 술자리가 있었던 밤 이후로 금세 기력을 되찾았다.

"아싸, 마무리!"

마침표를 찍고 난 연우가 쾌재를 불렀다.

바로 직후 제 입을 틀어막고는 소미를 돌아보며 고개를 조아렸다.

"죄송해요, 저도 모르게 끝나고 신나가지고……."

"저는 괜찮아요. 다른 작가님들도 안 계신데요, 뭐."

거실의 공용 작업실에 있는 작가는 연우와 소미 둘뿐이었다.

리카와 눈솔은 각각 소미의 마우스 옆, 그리고 무릎 위에 자리를 잡고 웅크리고 있었다.

연우가 한껏 기지개를 켜고는 안방 쪽을 돌아보며 중얼거렸다.

"슬슬 점심 먹을 때 됐는데 재건이 형 오늘도 거르시려나."

"아직도 안 나오시는 걸 보면 그렇지 않을까요?"

소미도 돌아보며 말을 받았다.

그들이 바라보는 안방에는 재건이 있었다. 두 눈에 불을 켜고 타자를 두드리고 있을 그의 모습이 문 너머로 들여다보이는 듯했다.

"이제 완결이라 부담이 좀 있으신가 봐요."

지금 재건이 불철주야 집필하고 있는 소설은 '오스카의 던전' 마지막 권이었다.

그래서 잠을 잘 때 빼고는 하루 내내 신경이 곤두서 있었다. 오죽하면 한껏 예민해진 그의 마음을 아는지 리카도 다가가지 않을 정도였다.

"그럼 오늘도 우리 둘이 먹으러 갈까요?"

"네, 그래야죠."

소미가 대답하며 자리에서 일어섰다.

내심 재건이 함께 가길 소망했지만 오늘도 실패였다. 같은 사무실에 있어도 대화다운 대화를 나누지 못한 게 벌써 며칠째인지.

그에 아랑곳없이 연우의 기분은 좋기만 했다.

현관문을 열고 나서면서 그는 들뜬 목소리로 제안했다.

"정 대리님, 부평에 맛있는 닭갈비집 있는데 가실래요?"

"부평까지 가자고요?"

"차 끌고 가면 금방인데요 뭐. 가시죠?"

"죄송해요. 조금 피곤하기도 하고 저는 근처 아케이드에서 해결했으면 좋겠어요."

소미가 미안한 듯 웃으며 사양했다.

거절당한 연우는 풀이 죽었지만 내색하지 않으려 억지로 힘껏 웃었다.

"그럼 부평 닭갈비는 다음에 가죠. 뭐 드실래요?"

"아무거나 관계없어요. 메뉴는 이 작가님이 고르세요."

"전에 보니 정 대리님 칼국수 맛있게 드시던데. 오늘도 거기 가죠."

"제 입맛 신경 쓰시지 말고 이 작가님 좋으신 걸로 하세요."

연우로서는 소미의 입맛을 신경 쓰지 않을 수가 없었다.

아니, 당연히 신경을 써야만 하는 지경에 이르렀다. 그 이유는 본인도 자각하지 못하는 사이 가슴속에서 또렷하게 형태를 갖춰 버렸다.

"제가 요즘 유행하는 아재개그 하나 들려드릴까요? 비빔면을 끓일 때 팔에 튀면 안 돼요. 어째선 줄 아세요? 팔도 비빔면이 되니까요. 하하하하하!"

"어머, 너무 재미있어서 바닥을 데굴데굴 굴러야 할 것 같아요. 보나마나 또 강민호 작가님한테 배우신 유머죠?"

어이없어하면서도 웃어주는 소미의 반응이 연우는 그저 기뻤다.

언제나 사람을 있는 그대로 바라봐 주는 그녀의 올곧은 눈빛이 무엇보다도 좋았다.

'내가 좀만 잘났으면…….'

칼국수를 먹는 내내 연우는 그런 생각뿐이었다.

자격지심이라고 해야 할까.

예쁘고, 귀엽고, 싹싹하고, 착하고, 일 잘하는 소미와 견

주어 보면 자신이 너무도 모자라게 느껴지는 것이다.

본업인 소설은 연달아 고전을 면치 못하고 있다.

따지고 보면 생계를 유지하고 있는 건 모두 재건의 도움 덕택이다.

만약 숙식 가능한 사무실과 매니저 업무가 사라진다면?

자신에게는 아무것도 남아 있는 게 없다는 결론이었다.

"이 작가님, 면 다 불잖아요. 얼른 안 드시고 뭐하세요?"

"앗, 네네. 이제 먹습니다, 먹어요."

소미가 접시 한가득 면발과 국물을 덜어주었다.

연우는 헐레벌떡 젓가락을 집으며 다짐했다. 반드시 멋진 인간으로 성장하리라고.

다짐에 몰입한 그는 한 움큼의 면발을 한꺼번에 입안에 집어넣었고 너무 뜨거워서 도로 뱉어내고 말았다.

BIG LIFE

"어때요? 아직도 아파요?"

"연고 발랐더니 나아졌어요."

연우가 데어서 부르튼 입 안쪽을 혀끝으로 문지르며 비밀번호를 눌렀다.

현관문이 열리자마자 거실 한끝으로 재건이 보였다. 무릎에 둔 리카를 쓰다듬으며 커피를 마시는 중이었다.

“어, 재건이 형. 나오셨네요?”

“방금. 소미 씨랑 점심 먹고 왔어?”

“네, 바지락 칼국수 먹었어요. 형도 좀 드셔야죠.”

“나가서 먹을 거야. 약속이 있어서.”

“어디 나가세요? 제가 모셔다 드려야죠.”

“내가 갈게. 남 이사님 좀 뵐 건데 얘기가 얼마나 길어질지 잘 모르겠거든.”

이윽고 커피를 다 마신 재건이 리카를 내려놓고 일어섰다.

연우는 눈앞을 스쳐 가는 그의 턱 밑이 평소보다 새까만 걸 보고 무심코 내뱉었다.

“재건이 형, 면도 안 하세요?”

“아, 맞다. 깜박할 뻔했네. 땡큐.”

재건이 까끌까끌한 턱 밑을 쓰다듬으며 욕실로 향했다.

거울에 비친 자신의 얼굴을 본 순간 문득 몸이 굳었다. 요며칠 밤 좀 새웠다고 그새 이토록 몰골이 파리해지다니.

“왜 도와주시지 않는 거지.”

벌어진 입술 틈으로 새어 나오는 한마디 말이었다.

그간의 경험으로 막연하게 느껴지는 것이 있었다. 어느 순간부터 서건우의 목소리가 들려오지 않게 되었다는 점이었다.

매 순간 치열하게 의견을 교환하고, 논쟁하며, 보다 나은 답을 모색해 내곤 했던 그 시절의 기억은 점점 흐릿해져만 가고 있었다.

판타지 소설을 쓸 경우엔 정도가 훨씬 더했다.

이쪽은 아예 그 어떤 한마디의 가르침조차 없는 것이다.

실제로 '오스카의 던전' 마지막 권을 쓰는 동안에도 재건은 서건우의 존재를 단 한 번조차 느낄 수가 없었다.

"불안합니다, 선배님……. 이대로 완결해도 괜찮을까요."

대답을 바라고 한 질문은 아니었다.

애초에 서건우의 목소리를 들은 건 현실이었을까. 아니면 단순한 혼자만의 환상이었을까.

이제 와서 돌이켜보니 구분조차 가지 않는 재건이었다.

꿈에서 깨어나려는 듯이 그는 수도를 틀고 차가운 물로 얼굴을 세차게 씻어댔다.

BIG LIFE

"재미있었습니다. 이거 확정된 원고시면 바로 업데이트에 참고해도 되겠습니까?"

"아, 업데이트요?"

"오스카의 던전 새 시즌 준비해야지요. 그래서 제가 노심초사 마지막 권을 기다리고 있었던 것 아니겠습니까?"

규호가 당연한 말을 하냐는 듯이 되묻고는 말을 덧붙였다.

"오늘 제게 보여주신 마지막 권 분량이 절반 조금 넘지요? 결말이 확실히 정해지면 바로 말씀 좀 부탁드립니다."

"알겠습니다. 그렇게 하겠습니다."

두 사람이 젓가락을 집어 들었다.

양쪽 모두에게 늦은 오늘의 점심 식사는 두부전골이었다.

각자의 접시에 한 국자씩 전골을 덜고 난 직후.

"오늘 남 이사님께 드릴……."

"하 선생님께 중요한……."

두 사람이 동시에 말을 꺼냈다가 입을 다물었다.

머쓱하게 서로를 쳐다본 끝에 재건이 먼저 손을 내저어 보이며 권했다.

"먼저 말씀하세요."

"아닙니다, 선생님 먼저 하시죠."

"제 이야기가 더 길어질지도 몰라서 그렇습니다. 어눌한 저와 달리 남 이사님은 말씀을 간단명료하게 잘하시니 먼저 해 주세요."

"으음, 그럼 그럴까요."

규호가 젓가락을 내려놓고는 물 한 모금으로 타는 목을 적셨다. 재건이 하려는 얘기의 주제가 무엇인지 이미 알 것 같았던 탓이다. 예상대로 오늘의 자리는 점심 식사가 아니라 꽤 험난한 싸움이 될 듯했다.

물을 마시고 난 규호는 두어 번의 헛기침으로 목소리를 가다듬었다. 비로소 신중하게 되돌아온 그의 눈빛이 재건에게로 향하고 있었다.

"더 브레스 말입니다."

"아아…… 네."

고개를 주억거리는 재건은 얼마 전 재인으로부터 들었던 말을 떠올리고 있었다. 규호가 '더 브레스'를 사업적으로 활용할 길을 모색하고 있다던 바로 그 이야기였다.

규호가 신중하게 말을 이었다.

"제가 하 선생님 작품 중에서 가장 재밌게 읽은 게 더 브레스입니다. 내내 생각하고 있었습니다. 이걸 어떻게든 게임으로 만들어 보고 싶다고요. 오스카의 던전이 대박을 터뜨리고 난 지금에 이르러서는 그 생각이 더욱이 확고해졌습니다."

규호는 거의 숨 쉴 틈도 없이 일사천리로 말하더니, 상체를 앞으로 기울이며 덧붙였다.

"이번에도 저에게 맡겨주시길 부탁드리는 겁니다. 모바일이 아니라 PC 쪽을 고려해 보고 있습니다."

"PC요?"

"네, 고사양을 바탕으로 한 MMORPG요."

어안이 벙벙해진 재건은 할 말을 잃었다.

그 앞에서 규호는 싱긋 웃으며 자신만만하게 팔짱을 끼고 있었다.

'MMORPG를 만든다고?'

MMORPG는 '대규모 다중사용자 온라인 롤플레잉 게임'의 줄임말이다. 온라인으로 연결된 다수의 사용자가 같은 공간에서 동시에 즐길 수 있는 게임들을 일컫는다.

3D 그래픽 기술력이 발전하면서 MMORPG도 몰라보게 성장했다.

인기리에 서비스되고 있는 PC 기반의 MMORPG들은 하나같이 웅장하고 화려한 게 특징이었다. 모바일에 비해 구현 가능한 기능이 압도적으로 많은 덕택이다.

세밀하고 입체적인 세계, 생생한 그래픽을 통해 펼쳐지는 박진감 넘치는 전투는 MMORPG가 내세우는 자랑거리들이었다.

'……잘될까?'

정진과 종종 즐겁게 했던 MMORPG의 기억을 떠올리며 재건은 가슴이 뛰었다. 자신이 쓴 판타지 소설의 세계가 거대한 스케일의 게임으로 다시금 태어나게 된다는 상상은 확실히 들뜰 만한 일이었다.

하나 설렘만이 아니라 불안함도 분명히 느끼고 있었다. 시대가 완전히 바뀌어버렸다는 두려움이었다. PC에는 손 한 번 대지 않고 종일 모바일 기기만 잡고 사는 사람이 수두룩한 시기인 것이다.

여전히 재건이 대답하지 못하는 가운데, 규호가 팔짱을 풀고 두 팔을 들어 보이며 말을 계속했다.

“더 브레스의 세계관은 방대합니다. 기사인 주인공과 드래곤 외에도 수없이 다채로운 인물들이 등장해서, 서로 얽히면서 온갖 흥미로운 군상극을 만들어내죠. 원작을 최대한 표현하기 위해서는 모바일로는 분명 한계가 있습니다.”

“아무래도 그렇겠지요.”

재건이 고개를 끄덕이며 말을 받았다.

졸아드는 두부전골의 화력을 줄이며 그는 넌지시 입을 열었다.

“저로서는 당연히 쌍수 들고 환영할 일입니다. 수익의 여부를 떠나서요. 그런데…… 잘될지 조금 걱정스럽습니다.”

“잘되게 하는 것이 제 일입니다.”

언제나 그랬듯이 규호는 자신 있게 즉답했다.

그 표정에 마음이 든든해지면서도 재건은 쓴웃음으로 덧붙였다.

“물론 남 이사님의 능력은 믿어 의심치 않습니다만 그래도 걱정이 되네요. 저보다 훨씬 잘 아시겠지만 지금 국내에서 출시된 수많은 MMORPG가 고전을 면치 못하고 있잖습니까."

규호가 동조하듯 고개를 끄덕이며 대꾸했다.

"뭐, 금세 서비스가 중단된 게임들도 수두룩하긴 하지요. 모바일 게임에 비해 개발비도 막대하게 들어가니 실패할 경우 후유증도 크고요. 하지만……."

말끝을 흐리는 규호의 입가에 한줄기 호전적인 미소가 날카롭게 어렸다.

"그런 거 매번 걱정하고 게임을 만들었다면 저는 오늘 이 자리에 있지도 못했을 겁니다."

"……."

"게다가 원작이 더 브레스입니다. 하 선생님 모든 작품 중 가장 많이 팔렸고, 이제 미국 시장 진출을 코앞에 둔 더 브레스란 말입니다. 저는 무조건 흥행시킬 자신 있습니다. 아니, 자신 있는 게 아니라 그렇게 만들어야 합니다. 만들 겁니다. 한국 한정이 아닌 글로벌 시장에서요."

규호의 말에서 강렬한 의지와 확신이 넘쳐 났다.

그 기세에 무심코 압도된 재건이 일순 목울대를 울렸을 만큼.

"어떠세요? 제게 맡겨주시겠습니까?"

대답을 갈구하는 규호의 두 눈이 상대를 지그시 향하고 있었다.

재건은 물 한 모금을 마시고는 담담하게 대답했다.

"사실 두 군데에서 이미 제의가 들어왔었습니다."

재건의 말에 규호의 얼굴에서 즉각 웃음기가 사라졌다.

"두 군데요?"

"모바일 게임 제의까지 합치면 열 군데가 넘어가긴 하지만 MMORPG로는 단 두 군데였습니다. 엑스엠게임즈와 엔디소프트요."

규호가 즉각 허리를 곧추세우고 바로 앉았다.

자기도 모르게 긴장을 늦추고 있었다. 상대는 친지가 아니라 사업적으로 상대해야 할 작가다. 상대의 누나와 연애를 하는 까닭에 의식하지 못한 사이 마음이 풀어져 있기라도 했던 걸까.

"저기, 하 선생님."

다급히 운을 뗀 규호는 느슨히 풀었던 넥타이마저 본래대로 죄고 있었다.

"엑스엠게임즈와 엔디소프트가 탄탄한 개발사인 것은 맞습니다. 부정하진 못하겠지요. 하지만 저는 그쪽에서 어떤 얼마나 좋은 조건을 제시했건 간에 그 이상을 선생님께 해드릴 수 있습니다. 게다가 선생님은 그간 저희 넥션과 오래도록 협업을 해오셨으니 업무도 익숙하실……."

"남 이사님이랑 할 겁니다."

재건이 손을 내저으며 말을 잘랐다.

"……!"

두 눈을 동그랗게 뜬 규호 앞에서 그는 확실히 덧붙였다.

"더 브레스 MMORPG요. 남 이사님이랑 할 겁니다."

"그…… 그러십니까?"

"네, 중간에 말씀 끊어서 죄송했습니다. 잠자코 듣고만 있는 쪽이 더 결례가 되리라 판단했습니다. 어차피 제 마음은 넥션으로 정해져 있으니까요."

"하하, 이것 참…… 정말이지 하 선생님은……."

규호가 헛웃음을 터뜨리며 뒷머리를 긁적였다.

기쁘면서도 머쓱한 마음으로 그는 재건에게 제의했다.

"별안간 목이 컬컬합니다. 여기 동동주를 잔술로도 파는데 한 잔씩 하실까요? 시간이 조금 이르긴 합니다만 축배주로 말입니다."

"한 잔이 아니라 한 주전자라도 마실 수 있습니다."

"아, 그럼 주전자로 시키시죠."

규호가 벨을 누르려고 탁자 끝으로 손을 뻗었다.

그보다 한발 앞서 날아든 재건의 손이 벨을 가로막았다.

"술을 시키기 전에 저도 여쭤볼 것이 있습니다."

"아아, 음…… 네."

규호가 고분고분 팔을 거둬들였다.

드디어 올 것이 왔다.

탁자 아래서 열 손가락이 가늘게 떨리고 있었다.

"저희 누나와 만나신다는 이야기를 들었습니다."

재건이 그다지 뜸도 들이지 않고 즉시 본론으로 들어갔다.

규호는 고개를 끄덕이는 듯 마는 듯 잠자코 있었다.

"이런 얘기 꺼내서 죄송합니다. 굳이 언급할 것도 없겠지만 제겐 무척 소중한 누나라서 그렇습니다. 이제 나이도 있고 빨리 좋은 사람을 만났으면 하고 간절히 바라고 있기도 하고요."

"아니, 이해합니다…… 네."

"제가 뭘 어떻게 해달라 요청을 드리려는 게 아닙니다. 그럴 자격도 없고요. 단지 여쭤보고 싶습니다. 남 이사님은…… 저희 누나랑 어쩔 작정이십니까?"

머리 회전이 빠른 규호는 재건의 심중을 금세 파악했다.

한순간의 연애로 끝나서 누나가 상처받게 될 것을 두려워하고 있는 것이다. 애초에 결혼할 수 없다면 지금이라도 빨리 헤어지기를 바라고 있을지도 몰랐다.

다른 좋은 남자를 만날 수 있도록.

"결혼할 작정입니다."

오래지 않아 규호가 또렷하게 대답했다.

“……!”

흠칫한 재건이 젓가락을 집다 말고 고개를 들었다.

“진심으로 재인 씨와 결혼하고 싶어서 만나는 겁니다. 어떻게든 아버지의 허락을 받아낼 생각입니다. 반드시 그렇게 되도록 하겠습니다.”

“고맙습니다…….”

재건이 손을 뻗어 벨을 눌렀다.

한 주전자 가득한 동동주가 테이블 위로 올라왔다.

두 사람이 술로 가득 찬 잔을 높이 들었다.

건배 속에서 부딪히는 잔을 통해 서로의 마음이 교환되었다. 그 술을 단숨에 목젖으로 넘길 뿐, 더 이상의 대화는 필요하지 않았다.

96장
이건 좀 놀라운데

[하재건 원작 '질풍노도' 중국 틴센트 픽쳐스 통해 영화화 전격 결정, 주연배우는 박도준과 홍예슬]

[이례적이고 파격적인 캐스팅, 생애 첫 여주인공 발탁된 홍예슬의 전작은 무엇?]

['질풍노도' 주연 홍예슬, '고마운 한 사람을 위해 혼신의 힘을 마지막 한 방울까지 쥐어짤 것']

[하재건 소설 '질풍노도', 영화화 발표에 힘입어 증쇄]

"재건이 형, 증쇄까지 하셨는데 오늘 회식하셔야죠?"

"너는 뭐만 했다 하면 죄다 회식으로 연결되냐?"

계절이 완연한 겨울로 접어들면서 인터넷 세상은 다시금

재건으로 시끄러워졌다.

영화 제작 발표를 마친 '질풍노도'와 더불어 그에 관한 온갖 기사가 뉴스와 SNS에 넘쳐 나고 있었다.

"형, 회식한 지 좀 됐잖아요. 오스카의 던전도 이제 거의 다 쓰셨고 오늘 회식해요. 네?"

연우가 다시금 아이처럼 졸라댔다.

옆자리에서 글을 쓰고 있던 현경도 말을 보탰다.

"저도 했으면 좋겠어요. 이제 곧 민호 형이랑 은영 누나도 결혼해서 나가실 텐데. 갈수록 이렇게 다 같이 모이는 거 어려워질 것 같아서요."

"흠, 그럴까."

재건이 혼잣말을 하듯 중얼거리며 고개를 끄덕였다.

연우가 짐짓 울컥한 척 따지고 들었다.

"너무하시는데요? 제가 그렇게 말씀드릴 땐 들은 척도 안 하시더니 현경이 형이 얘기하시니까 급격한 긍정이시네."

"너도 현경이처럼 설득력을 갖고 말을 했어야지. 그래, 오늘 회식하자. 내가 질풍노도 기념으로 쏜다."

재건이 흔쾌히 결정을 내렸다. 연우와 현경이 신나서 서로의 손바닥을 맞부딪쳤다. 조용히 표지를 그리고 있던 소미가 웃으며 고개를 들고 있었다.

드르륵!

울리는 핸드폰을 꺼낸 재건의 만면에 미소가 피었다. 그는 즉시 자리에서 일어서며 수희의 전화를 받았다.

"어쩐 일이야, 이 시간에?"

—점심 먹으러 가기 전에 전화해 봤지. 점심 먹었니?

"이제 좀 이따 먹어야지. 별일 없지?"

—응, 없어. 근데 있잖아. 나 방금 남 이사님 전화 받았다?

"남 이사님? 뭐라시는데?"

—빨리 한국으로 오라시더라. 엄청난 게임을 만들어야 하는데 신설한 프로젝트 기획 팀 적임자가 나밖에 없다고.

말끝으로 쿡쿡거리는 수희의 웃음소리가 묻어나고 있었다.

—그 엄청난 게임의 정체는 우리 하 작가님도 아시죠?

"하하하……."

—뭐 그냥 웃기만 하고 있어? 재미없게. 안 좋아?

"당연히 좋지. 뻔한 걸 왜 물어보고 그래."

—누가 더 좋아? 나야, 더 브레스야?

"하지 마. 여기 다른 작가님들도 계시고……."

재건이 주위를 돌아보며 목소리를 낮췄다.

전파 너머에서 수희가 짓궂게 말을 잇고 있었다.

—빨리 말 안 해주면 나 기간 다 채우고 간다? 나야, 더 브레스야?

"하…… 당연히 너지."

–내가 뭐? 그러니까 내가 어떻다는 거야? 그것까지 말을 해야지.

"네가…… 좋지."

–목소리 개미처럼 작은 것 봐. 오늘은 이쯤에서 봐주지만 한국 가면 혼날 줄 알아.

"그런 말 말고 빨리 오기나 해."

–알았어. 앗, 서 대리 나온다. 나 밥 먹으러 갈게. 우리 하 작가님도 맛있게 드세요.

"그래, 이따 저녁에 또 얘기하자."

전화를 끊고 난 재건은 끝내지 못한 회식 얘기를 마저 하려고 작가들을 돌아보았다.

그런데 또 전화가 걸려왔다. 이번에는 미국 에이전트 유진이었다.

"아, 여보세요?"

–안녕하세요, 하 선생님. 채유진입니다. 호호호.

"네, 안녕하세요. 오늘도 목소리가 참 밝으시네요."

–한국에서 맛있는 거 잘 먹고 돌아와서일까요? 요즘 하는 일도 잘되고 기분이 참 좋습니다아~ 더 브레스 번역본 다 완성됐다는 거 알려드리려고 전화드렸어요. 메일로 드릴 테니까 한번 보시라고요.

"고맙습니다. 점심 먹고 확인하겠습니다."

-그리고 지금 크노블 외에도 몇 군데 출판사와 접촉하는 중이에요. 선인세라든가 초판 발행 부수라든가, 다 좋지만 이쪽도 출판사가 얼마나 파워가 있느냐에 따라 판매량이 갈리거든요. 언론사와의 인맥도 중요하고. 사실 크노블은 판타지 소설을 주로 다루는 출판사는 아니거든요. 조건은 좋지만 그게 조금 걸려요.

"에이전트가 정말 고된 직업이라는 게 눈앞에 보이는 것 같습니다. 저 때문에 많이 애쓰십니다."

-무슨 말씀, 이게 다 저 잘 먹고 잘 살려고 하는 일인데요. 선생님이 감사하실 필요 없으십니다. 일 진척되고 나면 또 전화드릴게요.

"네, 고맙습니다. 좋은 하루 되시고 연락 주세요."

BIG LIFE

뚝!

전화를 끊고 난 유진이 욕조에서 일어섰다. 젖은 몸을 타월로 닦고 있으려니 또 요의가 느껴졌다. 변기 커버를 열고 엉덩이를 앉히며 그녀는 미간을 좁혔다.

'왜 이렇게 요즘 화장실을 자주 쓰게 되지. 뭐 나오는 것도

없는데.'

일을 보고 욕실에서 나온 유진은 습관처럼 냉장고를 열어 잘라둔 오렌지를 꺼냈다. 일주일분으로 만들어 둔 것이 벌써 다 먹고 하나밖에 남지 않았다.

'왜 이렇게 빨리 먹었대? 나 요즘 살찌려고 그러나?'

곰곰이 돌이켜 보면 딱히 음식을 많이 먹지도 않았다.

유진은 고개를 갸웃거리며 개수대로 가 새 오렌지를 까기 시작했다. 까면서도 그 시큼한 향기에 이끌려 몇 조각이나 입에 넣고 우물거렸다.

드르륵!

"꼭 이렇게 손에 물을 묻히면 전화가 온다니까."

유진이 툴툴거리며 젖은 손을 닦고 돌아섰다. 어쩐지 더부룩한 아랫배를 어루만지면서 그녀는 핸드폰으로 다가갔다. 액정 위에 뜬 세 글자의 이름 오명석이 보였다.

"……?"

유진이 핸드폰으로 손을 뻗다 말고 굳어들었다.

명석의 이름을 보자마자 아무런 전조도 없이 하나의 감각이 치달아왔다.

입이 먼저 천천히 벌어지고 뒤이어 양 눈꺼풀이 위로 치켜져 올랐다. 한 손은 아직도 불편한 기색의 아랫배를 어루만지고 있는 중이었다.

'그럴 리가……!'

사지가 바들바들 떨려왔다.

말도 안 되는 일이라고 생각하면서도 가슴이 한껏 부풀어 올랐다. 여전히 핸드폰은 명석의 이름과 함께 테이블 위에서 요동치고 있었다.

"여, 여보세요?"

—안 받아서 끊으려고 했더니 받네. 바빠?

"아니야…… 말해."

—이제 더 브레스 때문에 많이 바빠질 것 같은데. 번역본 만들어지면 나도 한번 보여주겠다면서 아직도 소식이 없어. 래프북스 작품이라고 나한테는 대외비라 이건가?

명석의 농담에도 대꾸가 나오지 않았다.

유진은 미국으로 돌아온 이후 명석과 한 번도 연락한 적이 없었다. 호텔에서 함께 밤을 보냈던 일이 마음에 걸렸던 탓이다. 자신의 투정을 받아준 그가 불편할까 봐 배려하는 마음도 적지 않았다.

—여보세요, 채유진. 듣고 있어?

"듣고…… 있어."

—목소리가 안 좋다. 무슨 일 있는 거야?

"아무 일도 없어. 조금 피곤한가 봐."

유진이 에둘러 말했다.

피곤하다고 말하면 그게 진실이든 거짓이든 명석은 즉각 받아주니까.

우선은 전화를 끊고 싶었다.

아직도 손을 떼지 못한 배에서 느껴지는 이질감의 원인부터 파악하고 싶었다.

–유진아.

"응?"

대답하는 유진은 묘한 기분이 들었다.

피곤하다는 말에도 명석이 전화를 끊지 않고 말을 잇고 있는 것이다.

–확인하고 싶은 게 있다.

"화, 확인……?"

상황이 이렇기 때문일까.

유진의 아랫배에 무심코 힘이 들어갔다.

–그래, 확인.

"뭔데……? 말해봐."

대답을 기다리며 유진은 침을 꼴깍 삼켰다.

돌이켜 보면 대학 시절부터 명석은 눈치가 빨랐다. 형용하기 어려운 그의 직감은 곧잘 맞아떨어져서 여러 번 유진을 놀라게 했었다.

–……우리 이대로 괜찮을까?

"……?"

유진의 등줄기를 저리게 하던 긴장감이 씻은 듯이 사라졌다.

그 대신 떠오르기 시작한 감정은 주체하기 버거운 혼란이었다.

—그걸 확인하고 싶다. 우리 이대로 괜찮은 건지.

짧은 한마디 말에 함축된 수많은 의미. 유진이 아니고는 세상 그 누구도 알아듣지 못할 말이었다.

하지만 아직 가능한 대답은 없었다.

배에서 떨어진 손이 올라와 지끈거리는 이마를 싸맸다. 돌처럼 무거워진 몸은 의자 위로 무너져 내리고 있었다.

"갑자기 무슨 말이야?"

이윽고 유진이 한참 만에 되물었다. 흐트러진 숨소리를 들키지 않기 위해 안간힘을 쓰는 중이었다.

"혹시 그날 밤 일 때문이야? 그래서 신경 쓰이는 거야? 우리 다 큰 어른이야. 고작 하룻밤 일에 호들갑 떨 필요 없잖아?"

—그럴지도 모르지. 근데 난 너처럼 쿨하지 못해서.

유진이 짧게 헛웃음을 터뜨렸다.

"쿨하고 말고 문제가 아니야. 말 그대로 하룻밤 일이었다구. 오래전에 헤어진 연인이 다시 만나서, 분위기에 휩쓸려서 그렇고 그렇게 하루 함께 보내는 일, 드라마에서도 흔히 있잖아? 그렇게 흘려보낼 일이야. 난 진즉 잊어버렸구."

—정말이야?

되묻는 명석의 말에 유진은 벌컥 울화가 치밀었다. 자신을 향한 분노인지 아닌지 분간이 가지 않았지만 그녀는 덮어놓고 신랄하게 내뱉었다.

"정말이야. 그리고 만약 정말이 아니면 뭐 다시 만나기라도 하게?"

—유진아…….

"아이 못 낳는 여자 데리고 아버님은 어떻게 설득시키려고? 아, 혹시 결혼은 다른 여자랑 하고 나하고는 연애만 하는 걸로? 미국에 놀러 올 때마다?"

—흥분 가라앉히고 차분하게 말하자.

"네가 흥분하게 하잖아. 내가 오늘 분명히 피곤하다고 아까 말하지 않았어? 평소였음 바로 전화 끊어줬잖아? 어차피 답은 하나밖에 없는 얘기를 갑자기 왜 꺼내는 건데?"

—하나 아니야.

"뭐……?"

—답이 하나밖에 없는 얘기 아니라고.

"그건 또 무슨…… 소리야……?"

—내게는 여전히 네가 가장 중요하단 소리다.

유진의 두 눈 가득 뜨거운 눈물이 고였다.

치열하게 살아오면서 오래도록 눈물을 잊고 살았다.

한국을 떠나 미국 땅을 밟으면서 피가 나도록 입술을 깨물며 결심했었다. 구차하고 슬픈 과거는 한 줌 남김없이 지워버릴 거라고.

철벽처럼 견고했던 마음의 벽이 우지끈 허물어졌다.

"내가……."

유진이 더운 숨결을 토해내며 쥐어짜듯 말을 이었다.

"내가…… 다시 전화해도 될까?"

-그래, 기다리고 있을게.

전화를 끊은 유진은 즉시 차에 올라타 시동을 걸었다.

목적지는 집에서 가장 가까운 번화가의 마트였다.

스스로에게 확신을 갖기 위해서, 나아가 명석에게 대답하기 위해서 반드시 확인해야만 했다.

약 30분 후.

집에 돌아온 유진은 욕조 끝머리에 쪼그려 앉은 채 오열을 터뜨렸다.

알량한 선 한 줄이 더 생겨났을 뿐인데 자신을 둘러싼 지구 전체가 뒤바뀌었다. 기나긴 세월과 함께 북받친 설움은 새벽녘이 되도록 그치지 않았다.

[한국 공포 영화 역대 1위 기록한 '겨자 목욕탕', 중국서 관객수 650만 명 돌파]
[넥션 싱글벙글, 영화 흥행 입소문에 힘입어 게임 '겨자 목욕탕'도 20% 이상 매출 동반 상승]
[중국 측 배급 맡은 틴센트 픽쳐스, '우리의 갈증은 그치지 않았다. 스크린 수 유지에 지속적으로 힘쓸 것.']
[영화 '질풍노도', 중국 톱 여배우 '양잉' 출연 확정, 중국시장 염두에 둔 캐스팅?]
[양잉의 출연으로 바뀌는 이야기는? 감독 윤태성을 통해 듣는 원작과 영화 시나리오의 차이점]

—야, 재건아. 베이징 진짜 장난 아니야. 겨자 목욕탕 보려고 사람들이 줄을 섰다, 줄을. 한국에서 인터넷으로 기사 보는 거랑은 느낌이 달라. 네가 와서 봐야 돼.

"호들갑이 부쩍 들었어, 박도준. 양잉은 실제로 보니까 어때?"

—흠, 뭐…… 사진빨은 아니었어.

"시크한 박도준이 이렇게 말하는 걸 보면 기겁할 만큼 예쁘다는 의미겠군. 아무튼 다치지 말고. 촬영 잘하고 돌아와."

전화를 끊고 난 재건은 추위를 느끼고 카디건을 몸 위에 걸쳤다.

환기하느라 열어뒀던 창문을 닫는데 뒤에서 연우가 말을 걸어왔다.

“도준이 형 전화인가 봐요?”

“어, 영화 찍으러 가서 겨자 목욕탕 스코어만 보고 있는 것 같다.”

“양잉은 어떻대요? 진짜 눈 돌아갈 만큼 예쁘대요?”

“도준이 말하는 거 보면 그런 것 같은데? 사진빨은 아니래.”

양잉은 미모와 연기력을 겸비한 홍콩 출신의 20대 여배우다. TV 드라마에서 수년간 빛을 발해오다가 이번 ‘질풍노도’를 통해 스크린 데뷔를 하게 됐다.

양잉이 맡은 역할은 여주인공의 절친한 동료이자 똑같은 직업을 가진 노래방 도우미였다.

원작에도 등장하는 인물이지만 한국인에서 중국인으로 설정이 변경됐다. 한국인 남편과 이혼 후 노래방 도우미로 밤의 세상을 살아가는 인물로 탈바꿈한 것이다.

“형이 반대 안 하신 것도 얼굴 예뻐서 그런 거죠?”

“시끄럽고. 넌 빨리 반박의 제왕이나 써.”

연우의 농담에 재건은 그의 목을 조르며 반격했다.

사실 재건은 양잉의 출연에 대해 의견이 들어왔을 때 반대하지 않았다.

출연 작품을 통해 탄탄한 연기력을 접하고 나서는 오히려 찬성하게 됐다. 내면의 아픔을 호소할 줄 아는 그녀의 표정은 자신이 그렸던 원작의 여성과도 적절히 맞아떨어졌다.

나아가 '질풍노도'는 틴센트 픽쳐스가 제작하는 영화다.

중국 시장을 고려해야 하는 것이 지당하다는 입장이었다.

더불어 한 인물의 설정이 바뀔 뿐이라 주된 플롯이 흐트러질 걱정도 없었다.

'예슬 씨가 화면에서 밀리지 말아야 할 텐데.'

재건은 내심 걱정하며 쓰게 웃었다.

양잉이 '질풍노도'에서 맡은 역할도 주연급에 가까울 만큼 비중이 높다.

하지만 따지자면 확실한 주연은 역시 예슬이다.

전작 '겨자 목욕탕'에서의 예슬은 양아치 여고생이라는 수식어와 함께 화제가 되어 인터넷을 뜨겁게 달궜었다.

소위 말하는 '신 스틸러'. 직역하자면 장면을 훔치는 사람으로서 주연 이상의 주목을 이끌어 냈던 것이다.

하지만 이번에도 그럴 수 있으리라는 보장은 없다.

'힘내요, 예슬 씨. 자기 재능을 믿고.'

중국 쪽의 먼 하늘을 바라보며 재건은 속으로나마 격려를 전했다.

그녀에게 개인적으로 전화를 걸 일은 앞으로도 없으리라.

"벌써 또 한 해가 가네."

"그러게요. 정신 차리고 나니 12월이에요, 형. 올해 한 것도 없는데 이렇게 끝이라니."

"열심히 했어, 내년에도 올해처럼만 살아보자."

재건이 연우의 어깨를 다독여 주며 위로했다.

연우는 머쓱하게 웃으며 코 밑을 손가락으로 쓱 훑고는 다시금 타자를 두드리기 시작했다.

드르륵!

"네, 권 대표님."

-바로 받으시네요. 핸드폰으로 뭐 하시고 계셨어요?

"아니에요, 방금까지 통화하다가 손에 쥐고 있었거든요. 말씀하세요."

-다름이 아니라 유진 씨로부터 더 브레스 관련해서 이런저런 자료를 받았는데요. 유독 제안 들어온 출판사 한 곳이 눈에 밟혀서요.

"그래요? 어떤 출판사인데요?"

-오픈하우스라고…… 유진 씨 말 들어보니까 영세한 편이더라고요. 완전히 영세하다고 볼 순 없는데, 더 브레스 출간제안 들어온 크노블이나 스쿨라스틱 같은 업체들에 비하면 확실히 소규모는 맞아요. 그런데…….

태원이 말끝을 흐렸다. 전파 너머에서 서류를 다발로 넘기는 소리가 울리고 있었다.

–그런데 이쪽이 보내온 제안서를 보니까 분량이 장난이 아니에요. 1권부터 챕터 별로 세밀하게 코멘트를 붙였더라고요. 코멘트만 모아도 소설 한 권 분량은 되겠어요.

"그 정도로 많다고요?"

–네, 일단 보이는 성의가 장난이 아닌데요. 미국 시장에서 통하기 어렵다고 여기는 부분을 전부 체크했어요. 당연히 개선안도 전부 따라붙었고요. 게다가 이 사람들, 비행기 타고 L.A까지 갔다 온 것 같아요.

"L.A까지요? 그 출판사 직원들이요?"

–더 브레스 발원점이 거기잖아요. 텍본으로 흥하는 거 확인하고 독자들 반응을 확인하기 위해서였다나?

"하하하……."

재건이 어이없어하며 나직이 웃음을 터뜨렸다.

전파 저편에서 태원은 덩달아 웃고는 말을 이었다.

–유진 씨도 걸러야 할지 말아야 할지 판단하기가 아직 애매하다고 하더라고요. 장르 쪽 영업력은 믿어줄 만한데 뭐랄까, 확실하게 이름난 작품이 없어서 인지도가 낮대요. 우선 자료 보내드릴 테니까 한번 보시겠어요?

"알겠습니다, 보내주시면 바로 볼게요."

전화를 끊고 난 재건은 자신의 자리에 앉아 인터넷에 접속했다.

무릎으로 올라온 리카를 쓰다듬으며 메일함을 클릭하니 태원으로부터 메일이 날아와 있었다.

[오픈하우스 측 검토 자료 및 제안서입니다.]

태원의 말은 거짓이 아니었다.

첨부된 코멘트 문서를 열자 A4 조판으로 120쪽 이상에 달하는 막대한 분량이었다.

'더 브레스' 1권부터 완결까지 세밀한 의견이 줄을 이어가고 있었다.

'아, 수희야. 빨리 돌아와라……!'

오픈하우스에서 보내온 문서는 당연히 100% 영문이었다. 재건은 지끈거리는 머리를 싸매고 해석에 몰입했다. 전문적인 용어도 많아서 해석이 아니라 거의 해독하는 수준이었다.

"재건이 형, 점심 안 드세요?"

"나 지금 일 생겨서. 현경이랑 먹고 와."

그렇게 말하는 재건은 모니터에서 두 눈을 떼지 못하고 있었다.

눈치를 챈 연우와 현경은 조용히 밥을 먹으러 사무실을 나섰다.

'대단하네, 정말…….'

절반에 가까운 양을 읽을 즈음 재건은 절로 감탄하고 말았다.

작품의 근간을 건드리는 의견이 아니었다. 철저하게 미국인의 입장에서 바라본 의견이었다. 시장적인 측면으로 개선해야 할 부분만을 날카롭게 찌르고 있었다.

'이건 좀 놀라운데?'

재건은 진심으로 적잖은 감동을 느꼈다.

계약 여부가 불투명한 상황에서 이토록 정성껏 의견을 던져 줄 업체가 과연 세상에 얼마나 될까.

코멘트 끝으로는 오픈하우스 대표의 말이 이어지고 있었다.

[꼭 한번 선생님을 만나서 직접 의견을 나누고 싶습니다. 저희 오픈하우스 측에서는 선생님을 뵙기 위해 한국으로 갈 준비도 갖추고 있습니다. 훌륭한 작품 접하게 해주신 점 감사드리며 연락을 기대하고 있겠습니다.]

드르륵!

핸드폰이 울리며 유진의 이름이 액정에 떠올랐다.

재건은 모니터에 시선을 고정시킨 채로 전화를 받았다.

"네, 유진 씨."

-안녕하세요, 혹시 권 대표님으로부터 연락받으셨는지 모르겠는데 오픈하우스라고…….

"받아서 지금 읽고 있었습니다."

재건이 핸드폰을 쥔 손에 힘을 주며 대답했다.

어느새 그의 입술은 미소를 띠고 있었다. 아주 오래전 태원을 처음 만났을 때도 이렇게 웃었던 기억이 났다. 자신의 작품을 알아주는 편집자를 만났을 때나 지을 수 있는 작가의 미소였다.

"정말 정성껏 코멘트를 달아줬네요. 놀랐습니다."

재건이 무릎의 리카와 시선을 맞춘 채 대답했다.

바다 건너에서부터 날아든 미국인 편집자의 감상 앞에서 코끝이 다 찡해질 정도였다.

오픈하우스에 대해 아는 바는 전혀 없지만 그런 것은 지금 아무래도 좋았다. 작가에게 인세 이상으로 소중한 것이 무엇인지. 그 점을 다시금 일깨워 준 데에 가슴 깊이 감사할 뿐이었다.

-저도 상당히 놀랐어요. 그…… 권 대표님 통해서 어디까지 들으셨는지 모르겠지만 오픈하우스란 회사가…….

"영세한 편이라고요?"

―네네, 크노블이라든가 스콜라스틱과 비교하면 규모가 30분의 1이나 될까요? 작년 연매출이 6,000만 달러 조금 못 됐을 거예요. 작은 건 아니지만 결코 크다고도 볼 수는 없겠죠.

거기까지 말하고 난 유진은 한숨으로 잠시 뜸을 두었다.

―그리고 또 한 가지 말씀드릴 것이 있어요. 오픈하우스 쪽엔 제가 먼저 제안서를 보낸 게 아니에요.

"그렇다면……?"

―제가 보낸 게 아니라면 남은 건 하나죠. 오픈하우스 쪽에서 먼저 연락을 해온 거예요. 더 브레스에 지대한 관심을 갖고요. 편집장과도 통화를 했는데 더 브레스를 꼭 계약하고 싶다고 어찌나 열정적으로 설파하던지. 많이 놀랐어요.

"유진 씨 생각은 어떠세요?"

자리에서 일어선 재건이 커피메이커로 다가가며 물었다.

그의 발치로 꼬리를 세운 리카와 눈솔이 호위병이라도 된다는 듯이 따르고 있었다.

"에이전트인 유진 씨 입장에선 고려하지도 않았던 출판사잖아요. 그런데 이렇게 먼저 연락이 왔다면서 그들의 제안서를 제게 보여주셨습니다. 저는 이렇게 하신 데에 그만한 이유가 있다고 생각하거든요."

―그건…….

"긍정적으로 보시는 거죠? 오픈하우스를요."

재건이 확신하듯 물었다.

유진의 가느다란 한숨 소리가 전파 사이를 가르며 날아들었다.

―굳이 따지자면 그래요. 오픈하우스는 제 개인적으로 좋아하는 출판사라서요. 페이퍼백 장르 소설을 전문적으로 출간하는데 재미있는 작품이 많이 나왔어요. 판타지, SF, 추리, 공포할 것 없이 온갖 장르를 섭렵하니까요.

"그렇군요."

―책임 전가일 수도 있어요. 보통 저는 이 출판사가 좋을지 나쁠지 판단하기 어려울 땐 걸러요. 하지만 오픈하우스는 그럴 수가 없었어요. 그래서 하 선생님과 래프북스 권 대표님의 의견도 한번 들어보고 싶어서…….

"알아들었습니다. 더 말씀 안 하셔도 됩니다."

재건은 김이 모락모락 솟아오르는 머그컵을 들고 자리로 돌아왔다.

그의 메일 주소록에 오픈하우스란 이름으로 새로이 한 줄이 추가되고 있었다.

BIG LIFE

"차라리 마음 편하게 입찰에 부치시죠, 하 작가님."

"입찰에 부치자고요?"

"네, 경쟁이 꽤나 치열할 겁니다. 크노블과 스콜라스틱뿐만이 아니에요. 위저드리 픽쳐스 계열 출판 브랜드에서도 영화화까지 노리고 한꺼번에 제안을 해올 수도 있어요. 지금 그들이 개별적으로 제시한 것보다 훨씬 좋은 조건을 따낼 수 있을 겁니다."

"으음……."

앙상해진 가로수가 늘어선 도심 길가의 한 카페.

창가와 면한 테이블에 두 남자가 마주 앉아 있었다.

약속한 것처럼 근심스러운 표정의 두 남자는 재건과 태원이었다. 오픈하우스의 계약 제안 건으로 이렇게 만난 참이었다.

"저는 솔직히 권 대표님이 동조해 주실 줄 알았습니다."

재건이 곱은 두 손을 싹싹 문지르며 입을 열었다. 카페에 난방이 가동되고 있었지만 들어온 지 얼마 되지 않아서 아직 몸이 차가웠다.

"제가 글쟁이로서 환상을 품은 건지도 모르겠습니다만…… 저는 그 제안서를 보고 그들의 진심을 느꼈어요. 이렇게 표현하니까 좀 간지럽긴 한데, 아무튼 그랬습니다."

재건이 두 눈을 내리깐 채 중얼거리듯 말을 이었다.

"권 대표님 처음 뵀을 때처럼요."

"……."

"제 작품 알아주셨잖아요. 연재하는 내내 랭킹 끝자락에도 한 번 올라가지 못한 엉망진창의 성적이었는데, 글이 참 진솔해서 좋다고, 같이 잘 가공해 보자고…… 저 여러 번 말씀드렸지만 그날 너무 감동해서 집에 갈 때 혼자 울었습니다."

"으으, 하 작가님……."

태원이 신음하며 안경을 벗었다. 양쪽 눈가와 관자놀이를 몇 번이나 꾹꾹 누른 끝에 다시 안경을 쓴 그는 간곡한 어조로 입을 열었다.

"그때와는 하 작가님 상황이 완전히 달라졌잖습니까."

"달라지다니요?"

"권당 2,000부를 소화해 낼 수 있을까 없을까 노심초사해야 했던 시절을 진즉에 벗어나셨다고요. 이번 작품은 초판부수를 얼마나 찍어야 하지? 어느 나라에 먼저 수출해야 하지? 영화로 먼저 계약할까? 아니면 드라마로 만들까? 오히려 이런 걸 고민하실 입장이시라는 거죠."

"권 대표님, 제가 드리려던 말씀은 그런 게 아니라……."

"저도 무슨 말씀이신지 알아듣고 이런 얘기부터 드리는 겁니다."

태원이 유별나게 단호한 어조로 말을 이었다.

"제가 하 작가님과 가장 많은 작품을 함께한 편집자입니다. 설마 다른 누구도 아니고 제가 하 작가님 마음을 몰라서 이런 말씀을 드리겠습니까?”

재건이 묵묵히 빨대를 입에 물었다. 계절과 상관없이 좋아하는 아이스커피가 목젖을 타고 시원하게 흘러들었다.

“하 작가님이 필명 풍천유로 새 판타지 소설을 쓰셨다고 가정해 볼까요. 신인 시절에 책 내셨던 해태미디어 같은 작은 출판사요. 차기작을 그런 곳과 계약하실 수 있겠습니까?”

“그곳 편집자가 권 대표님 같은 사람이라면 낼 수 있습니다.”

재건이 어렵지 않게 대답했다.

태원은 즉각 찌푸려지는 이맛살을 손바닥으로 덮었다.

“죄송합니다. 그러니까 제가 예를 잘못 든 것 같은데요, 아…… 이거 뭐라고 예를 들어야 하나.”

태원이 뒷머리를 다 헝클어 댈 정도로 대답할 거리를 고심했다.

재건은 재촉하거나 먼저 말하지 않았다. 그저 차분하기만 한 미소로 기다리는 중이었다.

“하아…….”

이윽고 태원이 상체를 뒤로 길게 빼며 한숨을 뽑아냈다.

재건의 의도가 명확해진 시점부터 설득할 길은 없었음을 깨달았다. 멍하니 천장을 향하고 있던 시선은 다시 재건에게로 옮겨가고 있었다.

“정 그러시다면 일단 한번 만나보신 다음에 결정하시죠.”

“고맙습니다, 대표님. 이해해 주셔서.”

“자기들이 한국으로 직접 올 용의도 얼마든지 있다고 하니까요. 제 마음 같아선 제발 못 온다고 하면 좋겠지만 말입니다.”

두 사람이 거의 동시에 헛웃음을 터뜨렸다.

태원은 마시고 있는 커피처럼 쓰디쓴 웃음을 입가에 짓고서 말을 이었다.

“설득 실패한 김에 말씀드리자면 저도 그 제안서 참 좋았습니다. 더 브레스를 향한 애착이 진심이라는 거 충분히 느껴졌어요.”

“다행입니다.”

“그 사람들 피드백 밤을 새워서 읽어봤는데 반박할 거리를 못 찾겠더라고요. 미국으로 이민 간 친구에게도 참고삼아 의견을 구해 봤어요. 무척 객관적이라는 반응이긴 했습니다.”

“제 짧은 영어 실력으로도 비슷한 감상이었습니다. 이들 피드백대로 수정을 거치면 더 브레스가 미국 시장에서 훨씬 선방할 수 있으리란 확신이 섰어요. 그래서 계약이 체결되든 말든 꼭 한번 만나보고 싶어요.”

태원이 고개를 끄덕이며 손뼉을 가볍게 쳤다.

"그럼 오늘 중으로 이야기를 전달하겠습니다. 빠른 시일 안에 일정을 잡아보도록 해야지요."

"알겠습니다. 슬슬 배가 고파지는데 자리 옮길까요?"

"그러고 보니 벌써 1시가 넘었네요. 하 작가님 뭐 드시고 싶으세요?"

"오늘 많이 양보해 주셨으니 권 대표님이 선택하시죠."

두 사람이 문을 열고 카페를 나섰다.

12월의 매서운 칼바람이 불어왔지만 옷깃을 여미는 작가와 편집자는 그다지 춥지 않았다.

그칠 줄 모르는 그들의 미소가 차가운 거리 곳곳으로 흩뿌려지고 있었다.

97장

안 되는 건가

"한국에 온다고?"

핸드폰을 들고 선 명석의 온몸에서 물이 뚝뚝 떨어져 내리고 있었다.

퇴근해서 샤워를 마친 직후 받은 유진의 전화였다.

"그래, 하 선생님 일 때문에 말이지? 일정은 아직 안 정해졌고? 그래, 어디? 오픈하우스? 그런 출판사는 금시초문인데."

명석은 귀와 어깨 사이에 핸드폰을 낀 채 옷을 입으며 대화를 이어갔다.

바로 그때, 욕실 중문 너머 복도에서 둔탁한 발소리가 울렸다.

단번에 아버지라는 걸 깨달은 명석의 말이 작아지는 동시에 빨라졌다.

"유진아, 미안한데 내가 지금 집이라서. 그래, 나중에 다시 전화할게. 일단 끊는다, 쉬어."

전화를 끊은 명석이 핸드폰을 가운 주머니에 넣었다.

태진 앞에서는 유진과 통화하기가 어려웠다. 설령 업무적인 목적이라고 해도 매한가지였다.

방으로 돌아와 옷을 갈아입은 명석은 잠시 생각한 끝에 일어섰다.

느릿한 걸음은 태진의 서재로 향하고 있었다. 더 늦기 전에 아버지에게 꼭 하고픈 말이 있었다.

바로 유진에 관한 이야기였다.

꿀꺽.

침을 삼키는 소리가 자신의 양쪽 귓가를 크게 울렸다.

똑똑.

명석은 긴장감을 억누르며 문을 가볍게 두드렸다. 들어오라는 의미의 헛기침이 나직이 전해져 왔다.

"늦었는데 왜 아직도 안 주무시고 계세요?"

"퇴고 좀 하느라 끙끙거리다 보니 벌써 이렇게 됐구나."

태진이 뒷목을 주무르며 신음 섞인 목소리로 대꾸했다.

그의 등 뒤로 다가선 명석은 책상 위를 내려다보고는 두 눈을 동그랗게 떴다.

"이거 하 작가님 감상이에요?"

"그래, 그날 이후로 바로 보내왔다."

대답은 하면서도 두툼한 손으로는 재건의 감상문을 가리는 태진이었다.

그의 굳은 낯 위로 흘러나오는 수치스런 감각을 장남인 명석은 은연중에 느낄 수 있었다.

"결과가 좋지 않다……."

스탠드의 불빛을 홀린 듯이 바라보며 태진이 입을 열었다.

"절정에 달하는 대목까지, 완전히 다른 사람이 쓴 것 같은 느낌을 받았다는구나. 문체는 이질적이고 묘사는 생기를 잃어버렸고, 그 괴리감이 심해서 하 선생 본인도 놀랐다고……."

"저도 좀 읽어볼 수 있을까요?"

명석이 침을 꿀꺽 삼키고는 청했다.

태진은 기꺼이 재건의 감상문을 장남에게 넘겨주었다. 장남 외에는 그 누구에게도 보여주지 않을 터였다.

"……!"

A4 용지 5장에 달하는 감상문을 읽으면서 명석의 얼굴은 시시각각 변해갔다. 역시나 글에 대한 평가를 할 땐 가차 없는 재건이었다. 단 한 치의 양보나 허울 좋은 겉치레도 없었다.

'이 정도로 심각했었나……?'

고개를 갸웃거리는 것도 잠시.

명석은 자신의 팔도 안으로 굽었다는 점을 반성해야만 했다.

아버지의 글이었기 때문이리라.

스스로도 의식하지 못한 사이에 좋은 건 좋은 걸로, 나쁜 것마저 좋은 걸로 평가하고 있었다.

'아버지……!'

명석이 안타까운 시선으로 돌아보았다.

태진은 고개를 수그린 채 담배만 피울 뿐이었다. 얼마나 가슴이 아플지 충분히 짐작이 갔다. 장남인 그가 보기에도 아버지는 정말로 이 장편을 열심히 썼던 것이다.

명석은 뭐라고 말을 꺼내야 할지 몰라서 잠자코 섰다.

잠시 후.

태진이 책상 끝머리에서 재떨이를 끌어당겼다.

몇 모금 피우지도 못하고 다 태워 버린 담배를 비벼 끄면서 그는 말했다.

"너무 걱정해 주지 않아도 된다. 다시 고쳐 봐야지."

"기운내세요, 아버지."

명석이 태진의 양어깨를 가볍게 주무르며 위로했다.

태진이 한 팔을 들어 그의 손등에 포갰다. 항시 그랬듯이 아버지의 손길은 듬직하고도 따스했다.

'아무래도 다음에 말씀드려야겠군.'

이런 상황에 유진의 얘기를 꺼낼 수는 없는 노릇이었다. 명석은 손을 천천히 거둬들이고 허리를 숙여 인사했다.

"그럼 주무세요, 아버지. 저도 들어가 보겠습니다."

"그래, 네 방 가서 쉬어라……. 아, 명석아!"

명석이 문으로 향하던 걸음을 멈추고 돌아보았다.

"무슨 하실 말씀이라도 있으세요?"

"내가 소설 때문에 깜박 잊고 있었다. 너, 대명그룹 김 회장 막내딸 알지?"

"……."

명석의 입에서 나오는 대답은 없었다.

몰라서가 아니라 누군지 알기 때문이었다. 나아가 태진이 이런 말을 꺼내는 이유에 대해서도.

"거두절미하고, 만나봐라."

"아버지, 저는 아직……."

"네 나이를 돌아보고 저는 아직이란 소릴 해라. 나도 더 이상은 못 기다린다. 너 웅성그룹 이어받을 장남이야."

"당연히 저도 압니다. 하지만 준비가……."

"이미 약속 잡아놨으니 그리 알아라."

태진이 손사래를 치며 단호하게 말을 끝맺었다.

우두커니 선 명석의 두 눈은 초점을 잃어가고 있었다.

"……안 됩니다."

침묵을 깨뜨리고 나아간 한마디.

묵직한 파동이 어두컴컴한 서재 내부를 울렸다.

"그럴 수…… 없습니다, 아버지."

"도대체 왜!"

태진이 성난 얼굴로 벌떡 일어섰다. 성큼성큼 명석의 코앞까지 다가와 선 그가 손가락을 들어 삿대질을 해가며 다그쳤다.

"도대체 왜 그럴 수 없다는 거냐! 이유가 뭐냐! 들어볼 테니 이 자리에서 말해봐라! 하지만 내가 짐작하는 그 이유라면 이대로 입 다물고 네 방으로 돌아가!"

"아버지……!"

태진은 노기로 입술을 벌벌 떨어대기까지 하고 있었다.

명석의 눈앞으로 굵직한 손가락을 세워 보이며 그가 으르렁거리듯 말을 이었다.

"평생을 통틀어 네게 딱 한 번 손을 댔다! 이 애비로 하여금 다시 한번 똑같은 이유로 네게 손찌검을 하도록 만들지 말아다오! 알아들었니!"

"……."

"왜 대답을 못 해! 알아들었냔 말이야!"

"아버지, 진심입니다. 전 정말로 유진이를 사랑합……."

철썩!

명석의 얼굴에서 안경이 저만치로 튕겨져 나갔다.

고개가 홱 꺾인 그의 한쪽 뺨은 그 자리에서 새빨갛게 부어오르고 있었다.

"듣기 싫으니 당장 나가!"

태진이 일갈과 함께 출구를 가리켰다.

입을 꾹 다문 명석은 허리를 깊이 숙여 침묵으로 인사를 고했다. 비틀거리듯 안경을 줍는 그의 뒷모습을 보자 태진은 눈물이 나올 것만 같았다.

끼이익.

문을 열고 나온 명석은 자신의 방이 아닌 응접실로 향했다. 술을 한잔 마시지 않고는 잠을 청할 수 없을 것 같아서였다.

기역 자로 꺾인 복도를 지나 응접실에 도착한 그는 먼저 자리를 차지하고 있던 명훈과 마주쳤다.

"……."

"……."

두 형제는 오래도록 서로를 쳐다볼 뿐 말이 없었다.

먼저 시선을 거둔 쪽은 명훈이었다.

찬장에서 데킬라 한 병과 잔을 꺼내며 명석이 말을 건넸다.

"혹시 여기까지 들렸니?"

"그럼 안 들렸겠어?"

손에 쥔 보드카를 한 모금 홀짝이며 명훈이 대꾸했다.

"나 일하던 뉴욕까지도 들려오겠던데."

"아버지 목청이 워낙 크시니까."

명석이 맞은편 소파에 자리를 잡고 앉았다.

동생과 무슨 주제로 대화를 이어가야 할까 고민하는데 명훈이 앞서 던지듯이 내뱉었다.

"내가 형이라면 안 그만둬."

"……뭐?"

"그렇게 사랑하면 무슨 수를 써서라도 쟁취해야 하는 거 아냐? 유진이 누나도 형 사랑하잖아. 불임이 뭐가 문제야? 아이야 입양하면 해결되는 거 아니냐고."

"그 얘긴 여기서 하지 말자."

명석이 스트레이트로 독한 술을 들이켰다.

명훈은 코웃음을 치더니 자리를 털고 일어섰다.

"마음대로 하세요. 난 형처럼은 안 살아."

"그러냐."

"모쪼록 정신 차려, 형. 그러다 웅성그룹 후계자 자리 나한테 넘어올지도 모르니까. 들어간다."

차갑게 말을 마친 명훈이 돌아섰다.

2층 계단 너머로 그의 모습이 완전히 보이지 않게 될 즈음, 명석은 자기에게만 들릴 만큼 작은 목소리로 중얼거렸다.

"차라리 그렇게 됐으면 좋겠지 싶다……."

콸콸 쏟아진 갈색 빛깔의 액체가 또 한 잔을 가득히 채웠다.

명석은 고개를 뒤로 젖히고 단숨에 독주를 몸으로 들이부었다.

진한 알코올 향기 속으로 유진의 얼굴이 함께 떠올랐다. 한껏 손을 뻗어도 닿지 않을 먼발치에서부터.

BIG LIFE

"제가 오늘 소개해 드릴 영화의 제목은 로드 투 퍼디션입니다. 1931년 대공황을 겪던 시절의 미국을 배경으로 배신당한 조직원의 이야기를 그린 작품인데요. 모르는 사람이 없을 만큼 유명한 배우 톰 행크스가 주연을 맡았죠."

'영화를 보자' 스튜디오 녹화 현장이었다.

높은 의자에 앉아 카메라를 바라보는 재건의 표정은 여유로웠다.

MC나 다른 패널과 대화를 주고받을 일이 없다. 사전에 준비한 대본을 갖고 단독으로 녹화가 진행되기에 부담이 적었다.

"톰 행크스 외에도 전설적인 명배우 폴 뉴먼, 미남 스타 주드 로, 지금은 007시리즈로 한국에서도 크게 유명세를 탄 다니엘 크레이그 등 내로라하는 배우들이 대거 출연한 작품인데요. 문득 옛날 생각이 납니다. 제가 어릴 때만 해도 어른들은 범죄가 주요 소재인 이런 느와르 작품을 속칭 갱영화라고 부르시고는 했죠."

도준에게 힘이 되어주고 싶어서 시작한 프로그램이다.

하지만 이제는 재건 본인도 즐기고 있었다. 수많은 시청자의 메일을 받으면서 사명감도 생겼다.

"이 영화는 배신당한 주인공이 잃은 것을 되찾고 복수하는 과정을 그리는 한편, 부성애를 부각시켰다는 점이 특징입니다. 아내와 작은아들이 살해당한 뒤 큰아들과 둘만의 여정을 시작하는 거죠. 이야기가 진행될수록 시큰둥하기만 했던 부자 사이에도 여러 변화가 찾아오는데요. 이 영화가 선사하는 하나의 강력한 재미입니다."

통제실의 스태프가 스튜디오의 스크린을 전환시켰다.

재건은 신호에 맞춰 느긋하고도 편안한 어조로 대본을 계속해서 읽어갔다.

"개인적으로 참 와닿았던 장면은 부자가 서로의 마음을 이해하는 지점이었습니다. 왜 동생만 좋아하고 자기를 차별했냐고 따지는 큰아들에게 주인공은 말하죠. 넌 나를 너무 닮아서 그 점이 못마땅했다. 차별하려던 마음은 결코 아니었다……. 주인공은 자의든 타의든 어둠의 세계에 몸을 담은 인물이죠. 그런 그가 큰아들로부터 자신의 모습을 보았을 때 어떤 기분이 들었을까요."

문이 살며시 열리고 MBS 예능국의 오 PD가 슬그머니 스튜디오로 들어왔다.

앵글 밖에서 녹화를 지켜보고 있던 신 PD는 그를 알아보고 손짓을 해 보였다.

"거의 끝날 때 되지 않았나?"

"그렇지 뭐. 왜?"

"하 선생님 잠깐 좀 뵈려고 왔지."

"아하, 그 일이구만."

신 PD가 턱수염을 긁적이며 쿡쿡 웃더니 덧붙였다.

"안 하실걸."

"일단 부딪쳐는 봐야지."

시간이 지나고 녹화가 종료되었다.

재건은 목을 죄는 셔츠 단추를 끄르고 무대에서 내려왔다.

스태프들과 인사를 나누고 나오는 그의 앞으로 오 PD가 나타나 섰다.

"안녕하십니까, 하 선생님."

"아, 오 PD님 아니세요. 오랜만입니다."

재건이 반갑게 웃으며 악수를 나눴다.

오 PD의 얼굴은 그도 익히 알고 있었다. 과거 도준과 함께 출연했던 '나 혼자 살아'가 그의 프로그램이었으니까.

"여러 번 인사를 드리고 싶었지만 하 선생님께서 워낙 일이 많으셔야죠. 전화드릴 때마다 바쁘셔서 제가 이렇게 실례를 무릅쓰고 현장으로 급습을 들어왔습니다. 하하하."

한껏 너스레를 떨고 난 오 PD가 헝클어진 머리를 뒤로 쓸면서 호탕하게 웃었다.

재건은 짐짓 미안한 표정으로 말을 받았다.

"최근 들어 이것저것 챙겨야 할 일이 조금 많았습니다."

"하하, 네. 그…… 지금부터 또 어디 바로 일정이 있으십니까? 괜찮으시다면 저하고 잠시 커피라도 한잔……."

오 PD가 말끝을 흐리며 눈치를 살폈다.

재건은 손목을 들어 시간을 확인했다. 부천 사무실로 돌아가 작가들과 저녁을 먹기로 되어 있었다.

시간이 다소 빠듯할 것 같아서 그는 생각 끝에 말했다.

"정말 죄송하지만 선약이 있어서요."

"아아, 네……."

급격하게 실망감이 어리는 오 PD의 얼굴에 대고 재건은 재빨리 덧붙였다.

"그래서 멀리는 못 가겠지만 휴게실에서 커피 한잔 사주신다면 감사히 마시겠습니다."

"아, 아하하……! 네네. 어서 가시죠, 선생님."

두 사람은 휴게실 소파에 커피 한 잔씩을 손에 들고 마주 앉았다.

오 PD가 꺼낸 말은 재건이 예상했던 바 그대로였다.

"나 혼자 살아에 선생님을 모시고 싶습니다."

"글이나 쓰는 저 같은 사람이 뭐 이야깃거리나 되겠습니까."

"선생님의 인간적인 생활상을 보고 싶어 하는 시청자들이 전국에 쫙 깔렸습니다. 무리한 연출 요구 없을 겁니다. 자연스럽게 평소 일정대로 글 쓰시고 활동하시는 모습만 카메라에 담아 저희가 재미있게 편집할 겁니다."

"진지하게 생각해 보고 말씀드리겠습니다."

재건의 입가에 희미한 웃음이 일었다.

'나 혼자 살아'에 메인으로 출연할 만큼 인지도가 높아졌다는 사실이 어쩐지 재미있었다.

지금까지 한 일이라곤 열심히 글을 쓴 것밖에 없다. 그런데 주위를 둘러싼 세상이 모조리 변한 기분이었다.

눈앞의 오 PD도 다르지 않았다.

도준의 게스트로 출연했을 때까지만 해도 작가님이라고 재건을 불렀다. 그랬던 그가 이제는 선생님이라고 깍듯이 예우를 갖추고 있는 것이다.

"최대한 빨리 결정해서 연락드리겠습니다."

"부디 좋은 쪽으로 결정해 주시길 부탁드리겠습니다, 선생님."

오 PD의 전송을 받으며 나온 재건을 한 무리의 독자들이 기다리고 있었다.

'영화를 보자' 녹화가 있을 때마다 찾아오는 그들을 앞두고 이제는 재건도 당황스러워하지 않았다.

"작가님, 머리 많이 자라셨네요. 파마하시면 어울릴 것 같은데 어떠세요? 저 미용실서 일하는데 한번 오시면 정말 잘 해드릴게요."

"스무 살의 여름 드라마는 언제쯤부터 볼 수 있어요?"

"작가님도 오스카의 던전 하신다면서요? 레벨 몇이세요?"

독자들은 사인 및 사진 촬영을 요청하는 한편 앞다투어 이런저런 질문을 던져 왔다. 재건은 한 사람씩 침착하게 그들의 요구에 응해주면서 대답을 쉬지 않았다. 번거롭다는 마음은 전혀 없었다. 모두가 고마운 사람들이다. 이들이 있었기에 오늘의 자신이 존재할 수 있었다.

'결국 또 시간이 이렇게 늦었네.'

가까스로 응대를 마치고 나니 30분이란 시간이 훌쩍 지나가 있었다.

재건은 부리나케 주차장으로 달려갔다.

주차된 차문을 열려고 손을 뻗는 순간.

"저도 사인 좀 해주시겠어요?"

한 여성의 목소리가 등 뒤에서 나직이 들려왔다.

"……!"

재건은 차문에 손을 댄 자세 그대로 몸을 흠칫 떨었다.

단 한시도 잊은 적이 없는 세상 가장 아름다운 목소리가 아니던가.

"이수희……?"

돌아선 재건이 기겁해서 입을 떡하니 벌렸다.

수희가 살포시 웃는 얼굴로 서 있었다. 추위에 코끝과 양 뺨이 살짝 빨개진 채였다. 재건을 향해 내민 두 손으로는 '오스카의 던전' 마지막 권을 쥐고 있었다.

"사인 안 해주실 건가요, 하재건 작가님?"

"이게 어떻게 된 거야? 두 주는 더 있어야 온다고 했잖아?"

"복수."

"복수? 무슨 복수?"

"너도 대만 왔을 때 나한테 이랬잖아. 후훗, 깜짝 놀라게 해주고 싶었는데 표정 보니 성공했군?"

재건이 얼떨떨한 표정으로 한 걸음 다가와 섰다. 그러고는 갑작스럽게 두 팔을 뻗어 수희를 가슴 가득 끌어안았다.

수희의 손에 쥐어져 있던 '오스카의 던전'이 바닥으로 떨어졌다.

"잠깐만! 책 떨어졌어."

"지금 책 떨어진 게 문제야? 네가 왔는데."

"여기 밖이야. 누가 사진이라도 찍어서 인터넷에 또 올라가면 어떡해?"

"무슨 상관이야, 결혼할 건데."

재건이 더욱 세게 수희를 품에 안으며 대꾸했다. 새하얀 입김이 나올 만큼 추운 날씨도 수희의 체온 앞에서는 제 위력을 발휘하지 못했다.

"나 여기 있는 건 어떻게 알고 왔어?"

"네 매니저님."

"아, 연우랑 통화했어?"

"응, 오늘 사무실 작가들이랑 저녁 먹기로 했다면서?"

재건이 수희를 끌어안았던 팔을 살며시 풀었다. 입술을 동그랗게 말고 쳐다보는 수희에게 그는 싱긋 웃으며 말했다.

"나랑 좋은 데 가서 저녁 먹자."

"작가님들이랑 약속한 건 어떡하고? 나 신경 쓰는 거라면 그러지 않아도 돼. 오늘은 얼굴 봤으니까 난 집으로 가고 내일 만나면 되잖아."

"추우니까 일단 차에 타."

재건이 조수석 문을 열고 수희를 먼저 태웠다. 운전석으로 돌아오면서 그는 핸드폰을 꺼내 연우에게 전화를 걸었다.

"어, 연우야. 미안한데 형 오늘은 회식 못 가겠다. 그래, 바로 이해해 줘서 고맙네. 네 계좌로 돈 좀 넣을 테니까 작가님들하고 맛있는 거 먹어. 됐어, 형이 먹자고 해놓고 빠졌는데 벌금은 내야 할 거 아니냐. 그래, 끊는다."

전화를 끊은 재건이 시동을 걸었다.

조수석의 수희가 안전벨트를 끌어내리며 중얼거렸다.

"나 정말 괜찮은데……."

"내가 안 괜찮아."

사실 작가들과의 저녁 식사에 수희를 데려가는 방법도 있었다. 다만 그러지 않은 건 소미를 위한 나름의 배려였다.

"오늘은 부모님 뵈러 본가로 들어갈 거지? 그럼 술 마시긴 좀 그렇고 뭐 먹을까? 먹고 싶은 거 말해봐."

"집에서 해먹고 싶은데……."

"어? 뭐라고?"

수희가 수줍은 표정으로 소리 없이 웃었다. 그러고는 재건의 귀에 대고 속삭이듯 말하는 것이었다.

"집에서는 나 내일 한국 오는 줄 알고 있어."

"아……."

"오늘은 너랑 있고 싶어서."

재건은 더 이상 참을 수가 없어졌다.

내비게이션을 조작하던 손을 거둬들이고 수희를 끌어당겨 격렬히 입을 맞췄다. 힘이 가득 들어간 수희의 열 손가락은 재건의 등줄기를 쥐어짜고 있었다.

BIG LIFE

"소미 씨, 오늘 너무 빠르다."

"하나도 안 빨라요, 끅. 장 작가님, 우리 또 건배해요."

부천 사무실 인근의 대형 횟집.

재건을 제외한 사무실 작가가 전부 모인 회식 자리였다.

민호와 은영에서부터 연우, 현경, 은하, 그리고 소미에 이르기까지 모두가 모여 건배를 연발하고 있었다.

"소미 씨 오늘 무슨 일 있었어요? 내가 봐도 좀 빨리 마시는 것 같은데?"

은영에 이어 은하마저 근심스럽게 말을 건넸다.

그도 그럴 것이 회식이 시작되고 30분이 지나지 않았는데 소미 혼자서 소주 한 병을 비워 버린 것이다.

소미가 대수롭지 않다는 듯이 웃으며 대꾸했다.

"오랜만에 마셔서 그런지 술이 참 달콤해요. 그리고 저 회도 좋아하거든요. 저 바다의 딸이잖아요."

"맞다, 소미 씨 동해가 고향이라고 하셨지. 우리 동해소녀 제 잔도 한잔 받으세요."

"헤헤, 동해소녀라니 듣기 좋네요. 고맙습니다. 이 감독님."

시끌벅적하고 화기애애한 분위기가 2시간 가까이 지속되었다.

신선한 회와 매운탕이 바닥을 드러낼 즈음 빈 술병은 열 병을 넘기고 있었다.

"우리 이제 슬슬 자리 옮겨서 2차 할까요?"

"좋죠, 어디로 갈까요? 아예 노래도 부르게 준꼬 어때요, 준꼬?"

"콜! 준꼬 콜!"

연우의 제안에 소미는 머리 위로 열렬히 박수를 치며 환영했다.

다른 작가들도 고개를 끄덕이며 동조했다.

"소미 씨, 너무 취한 거 아니야? 나랑 같이 걸어요."

"괜찮아요, 이 감독님. 앗, 잡아주셔서 고맙습니다. 히히."

은하와 은영이 소미의 좌우를 부축해 주었다.

다행히 목적지는 그다지 멀지 않았다. 그들은 노래방 기기가 설치된 넓은 룸에 자리를 잡고 적당한 안주와 술을 주문한 다음 2차를 즐기기 시작했다.

'지금쯤 뭐 하고 계실까…….'

두 눈이 흐릿한 소미에게는 작가들의 노랫소리가 들려오지 않았다. 머릿속은 오늘 회식에 참석하지 못한 재건에 대한 생각뿐이었다.

왜 참석하지 못했는지는 알고 있다.

오늘 수희가 귀국했다는 것도, 그녀와 재건이 사귀는 사이라는 것도, 이제 결혼을 앞두고 있다는 것까지 모두 다 알고 있다.

충분히 수긍했고 이제 마음에서 놓아줘야 할 텐데 그게 생각처럼 쉽지 않았다.

"와, 사기네, 사기. 어떻게 내 노래가 70점밖에 안 나와? 기계에 문제 있는 거 아니야?"

노래를 마친 현경이 낮은 점수 앞에서 어이없어했다. 마이크를 넘겨받은 연우가 짐짓 거만하게 앞으로 나섰다.

"이거 또 애꿎은 기계 탓만 하는 현경이 형 때문에라도 제가 안 나설 수가 없네요. 0.8나얼은 되는 이 이연우가 여러분께 노래 한 곡 드리겠습니다."

"대박, 자기 입으로 0.8나얼이래."

"이 감독님 너무 비웃으신다. 어디 한번 들어보시죠."

연우가 번호를 입력하고 시작 버튼을 눌렀다. 감미로운 선율의 간주가 흘러나왔다. 헛기침으로 목을 가다듬고 난 연우가 노래를 부르기 시작했다.

"꼭 그러지 않아도~ 충분히 널 이해할 수 있어~ 다른 사람 곁에 서 있는 네 모습이~ 조금 어색하지만~"

"어머, 진짜 이 작가님 노래 꽤 잘하시네? 아직까진 0.8이 아니라 1나얼인데요?"

은하가 새삼 놀랍다는 듯이 바라보며 경청했다.

마음이 들뜬 연우는 더욱 성의를 다해서 노래를 불렀다.

어느덧 그의 목소리는 상념에 잠겨 있던 소미의 귓가에도 파고들고 있었다.

'또 이 노래네…….'

재건을 통해 실연의 아픔을 겪고 난 후 소미도 곧잘 찾아 들었던 노래였다.

술에 취한 탓일까.

가사에 나오는 화자의 심정에 평소보다 훨씬 더 공감이 갔다. 이입된 감정 속에서 소미는 자기도 모르게 눈물을 왈칵 쏟았다.

"……소미 씨?"

가장 먼저 소미의 눈물을 본 은영이 기겁해서 다가왔다.

그녀가 티슈를 뜯어 얼굴을 닦아주고 나서야 소미는 자신이 울었다는 사실을 깨달았다.

"아아, 죄송해요. 제가 왜 이러지……."

"소미 씨 정말 오늘 이상해. 무슨 일 있었지? 응?"

소미는 황망히 눈물을 훔치고는 상기된 얼굴로 억지웃음을 빼물었다.

연우도 노래를 멈추고 걱정스럽게 그녀를 바라보는 중이었다.

"아니에요. 노래가 너무 슬퍼서 그냥 감상적이 됐나 봐요. 저 잠깐 바람 좀 쐬고 올게요."

소미가 문을 열고 룸을 빠져나갔다.

잠시 망설인 끝에 연우는 테이블 위로 마이크를 내려놓았다.

"제가 따라갔다 올게요."

"그래, 연우야. 부탁해. 소미 씨 오늘 기분이 안 좋나 보다."

소미는 벌써 홀을 저만치 가로질러 멀어지고 있었다. 연우는 잰걸음으로 그녀의 뒤를 바싹 따라붙었다.

"어디 가시려고요?"

"아, 이 작가님. 저 1층 편의점 가서 커피 하나 마시려고……."

"많이 드셨는데 저랑 같이 가시죠."

"헤헤, 고맙습니당."

엘리베이터는 두 사람을 단숨에 1층으로 데려다 놓았다.

편의점에 들어간 연우가 뜨거운 캔 커피 두 개를 사가지고 나왔다.

소미는 취기로 달아오른 몸의 열기를 식히려는 듯 차가운 겨울바람 속에 몸을 내맡기고 서 있었다.

"드세요. 날이 추워서 뜨거운 걸로 샀어요."

"잘 마실게요."

"힘든 일 있으신가 봐요."

"아니에요……. 진짜 아무 일도 없어요."

연우는 싱긋 웃으며 잠자코 고개를 끄덕였다.

청바지를 선호하는 소미가 오늘처럼 추운 날에 왜 치마를 입었는지 그 이유를 어렴풋이 짐작하고는 있었다.

두 사람은 말없이 밤거리를 바라보며 커피를 마셨다.

다 마신 캔을 재활용 수거함에 집어넣고 돌아설 때였다.

비틀거리던 소미의 힐 끝부분이 계단에 걸렸다. 중심을 잃고 기울어지는 그녀의 몸을 연우가 재빨리 붙잡아 세웠다.

"괜찮으세요?"

자연스레 한 팔로 소미의 허리를 감은 채 연우가 물었다. 서로의 입김이 느껴질 만큼 두 사람의 얼굴도 가까웠다.

"아, 죄송해요. 괜찮아요."

"저는 안 괜찮은데."

"네……?"

"저 정 대리님 좋아하거든요. 그래서 우울하신 모습 보니까 기분이 안 괜찮네요."

"……!"

소미의 두 동공이 느릿하게 확대되기 시작했다.

술기운이 달아나는 그녀의 시야 속에서 연우는 쓰디쓴 미소로 잡았던 손을 풀고 있었다.

차가운 겨울바람이 두 사람 사이를 가르고 지나갔다.

'망했다……!'

연우가 손바닥에 얼굴을 묻었다.

술기운에 휩쓸려 계획에도 없던 고백을 해버렸다.

기껏 꺼낸 첫마디도 '저는 안 괜찮은데'라니.

스스로가 유치하기 짝이 없어서 전봇대에 머리라도 콱 들이받고 싶은 심정이었다.

"……."

소미는 여전히 뚫어져라 연우를 응시하고 있었다. 갑작스런 고백을 받은 지금 상황도 놀랍지만 그 사람이 또 연우라니.

그가 자신을 여자로 대한다는 기미를 단 한 번도 느껴본 적 없기에 놀라움은 더했다.

사무실에서 함께 일하면서 사이가 가까워진 것은 사실이다. 둘이서 밥을 먹고 차를 마시며 대화를 나눈 적도 많았다.

하지만 아무리 친해졌다고 해도 편집자 대 작가의 관계 안에서일 뿐이다. 적어도 소미의 생각으로는 그랬다.

"조금……."

소미가 바람에 흩날리는 앞머리를 손으로 쓸면서 입을 열었다.

"조금 놀랐어요. 아니, 조금 많이요."

"죄송합니다."

연우가 얼굴에서 손을 떼고 고개를 들었다. 거리 너머의 전봇대를 노려보면서 그는 말했다.

"그런데 진심이에요. 취해서 헛말하는 거 아닙니다. 술기운이 용기를 좀 북돋아준 건 맞지만요."

"절 그렇게 생각하시는 줄 전혀 몰랐는데……."

"소심하게나마 나름 노력했습니다. 맛있는 곳 찾으면 가자고 여러 차례 말씀도 드렸었고."

"……."

소미가 대답 대신 입술을 살며시 깨물었다. 재건에게 고백하던 자신의 모습이 눈앞에 그려지는 듯했다.

더불어 어렴풋이 알 것도 같았다. 이미 좋아하는 사람이 있었던 그가 자신의 고백을 받았을 때 느꼈을 감정을.

"죄송해요, 이 작가님."

소미는 길게 시간을 끌지 않았다. 단호하게 자신을 밀어냈던 재건의 마음을 이해하는 동시에 또박또박 대답을 이었다.

"이 작가님 정말 좋은 분이세요. 저를 좋아한다고 해주셔서 무척 고맙고요. 그렇지만 안 되겠어요."

"너무 단호박인 거 아닙니까?"

발끈한 연우가 소미 쪽으로 몸을 돌려세웠다.

"이 자리에서 답해주시라고 말씀드린 거 아닙니다. 정 대리님도 며칠 동안 차분하게 생각해 보시고……."

"며칠 동안 생각해도 달라질 게 없을 거예요."

소미가 일말의 여지도 없이 말을 잘랐다.

"이 작가님도 아시다시피 저 동해사람이에요. 혼자 동해에서 올라와서 자리 잡으려고 죽어라 일만 했어요. 이제 겨우 자리 잡았고 일에만 집중하는 지금 삶이 좋아요. 누군가를 만나고 그럴 마음의 여유가 전혀 없어요."

"정 대리님 인생에 방해되지 않도록 제가……."

"말씀은 고맙지만 그것도 이 작가님의 생각이실 뿐이잖아요. 사람과 사람이 만나면 어떻게든 서로에게 영향을 끼칠 수밖에 없다는 게 제 생각이에요. 저는 아예 그 과정을 시작조차 하고 싶지 않은 거고요. 정말 죄송해요."

흥분한 연우의 숨결이 거칠어졌다.

하지만 그것도 잠시, 이내 한없이 침울한 낯빛이 되어 고개를 떨어뜨렸다. 굳건했던 양어깨마저 파도 앞의 모래성처럼 무너지고 있었다.

"완전히 차여 버렸네요."

자조하듯 말을 내뱉는 연우의 입은 웃고 있지만 웃는 게 아니었다. 대답을 바라지 않는 그의 말은 바람결에 섞여 허공에서 부서졌다.

"주제도 모르고 죄송했습니다."

"그런 말씀은 하지 마세요. 이 작가님이 뭐가 어때서요."

거기까지만 말하고 소미는 입을 다물었다.

마음이 아파서 몇 마디 위로를 덧붙이고 싶었지만 꾹 참았다. 기만이 될지도 모르겠다는 두려움 때문이었다.

연우를 위해서 이대로 물러서는 편이 나았다.

"자리를 너무 오래 비운 것 같아요. 작가님들 걱정하실 텐데 슬슬 올라가 봐야 하지 않을까요?"

"정 대리님 먼저 올라가세요. 생각 좀 정리하고 금방 올라가겠습니다."

소미가 묵묵히 고개를 끄덕이고는 한발 먼저 돌아섰다.

멀어지는 발소리가 겨울바람보다도 냉랭하게 느껴지는 연우였다. 언제나 잘 웃고 살가운 성격이라서 잘되리라고 막연히 기대했던 걸까.

거절을 해도 이렇게 단칼에 해올 줄이야. 갑자기 산다는 것 자체가 무서워지기까지 했다.

연우는 조금 전 커피를 샀던 편의점 문을 다시 열었다. 카운터의 아르바이트생 너머로 진열된 담배 진열대를 바라보며 그가 말했다.

"담배 한 갑만 주세요."

"어떤 거 드릴까요, 손님?"

"평범하게 나가는 걸로 아무거나 주세요."

처음이기에 라이터도 하나 구입했다.

편의점에서 나온 연우는 파라솔 밑 의자에 앉아 담배 하나를 꺼내 물었다.

"콜록! 콜록!"

불을 붙이고 빨아들이자 기침과 함께 눈물이 왈칵 쏟아졌다.

실연의 쓴맛은 굉장했다.

흡연자들에게 경외감이 느껴질 정도로.

98장
드래곤 라이더라니

"으응, 좋아. 시원해."

밤이 길어진 겨울의 오전 6시는 여전히 어두웠다.

수희는 침대에 엎드린 자세로 스탠드 불빛에 의지해 원고를 읽고 있었다.

'더 브레스' 영어 번역본이었다.

"아, 좋아. 피로가 눈 녹듯이 사라지네."

"작가 그만두고 네 전속 안마사 할까 봐."

"근데 점점 손이 어디로 가지? 그런 곳까지 안마할 필요 없거든?"

"그래? 그럼 여기는?"

재건이 이불 속으로 몸을 쏙 집어넣었다.

곧이어 수희는 깔깔거리며 엎드려 있던 몸을 뒤집었다.
“왜 이렇게 음흉해? 진짜 이렇게 밝히는 남자일 줄 전혀 몰랐어.”
“내가 남자 평균이야. 오히려 지나치게 보편적이라고.”
“으읍.”
재건이 다시금 수희의 입술을 덮쳤다.
밤새도록 괴롭혔지만 아직도 직성이 풀리지 않았다. 수희는 그의 어깨 위로 양팔을 두르며 기꺼이 받아주었다. 몸은 힘들었지만 행복했다. 질릴 줄도 모르고 자신을 원하는 이 남자가 너무도 사랑스러웠다.
“이제 씻으러 갈 기운도 없어.”
“씻지 마. 번역본은 어떤 것 같아?”
“물어볼 양심은 있니? 집중해서 읽을 시간도 안 주고서.”
수희가 재건의 양 뺨을 꼬집어 앞뒤로 흔들었다. 꼬집는 그녀나 벌러덩 드러누운 재건이나 온몸이 땀으로 범벅이었다.
“1권 분량은 거의 다 읽었는데 좋은 것 같아.”
“그래? 딱히 손볼 데 없고?”
“내가 보기에는. 그리고 오픈하우스에서 보내온 이 코멘트들 참 좋다. 네 글 열심히 읽어봤다는 게 보여.”
“좋았어. 이걸로 완벽히 결정.”
“결정이라니 뭘?”

"오픈하우스. 네 긍정적인 의견으로 마음이 더 확고해졌다."

"어차피 한국에 오기로 했다면서. 만나서 잘 얘기해 보고 결정해."

드르륵!

협탁 위에 놓인 핸드폰이 짧게 몸을 떨었다.

재건은 느릿하게 몸을 돌려 손을 뻗었다.

재인으로부터 날아든 메시지였다.

내용을 확인하자마자 그는 두 눈을 가늘게 떴다.

-수희 한번 집에 데리고 와. 저녁 좀 해 먹이게. ^^

"이게 어떻게 된 거지."

"무슨 일인데?"

뒤이어 핸드폰을 본 수희도 놀라서 입을 반쯤 벌렸다.

"어떻게 아시는 거야? 나 왔다는 얘기 집에다 말 안 했다면서?"

"그러게. 전화해 봐야겠다."

재건은 고개를 갸웃거리며 통화 아이콘을 눌렀다. 재인은 마치 기다리고 있었다는 듯이 금세 전화를 받았다.

-일찍 일어나셨네, 우리 대작가님.

"어쩌다 보니 일찍 일어났네. 근데, 어떻게 알았어?"

–인터넷 보고 알았다.

"인터넷?"

–둘이 격렬하게 포옹하는 사진 트위터에 대문짝만 하게 올라왔더라.

"아아……."

재건이 말끝을 흐리며 수희를 돌아보았다.

그 잠깐 사이를 또 사진으로 포착한 사람이 있었을 줄이야.

–누나한테도 말도 안 하고 괘씸한 녀석. 지금도 같이 있니?

"음, 뭐……."

–그래, 방해 안 할 테니 좋은 시간 보내라. 조만간 집에 꼭 한번 데려오고. 알았지?

"알았어, 누나. 다시 전화할게."

전화를 끊고 난 재건은 즉시 인터넷에 접속했다.

'하재건 여자', '하재건 원피스녀', '원피스녀 사진 모음', '하재건 연인' 등의 키워드가 실시간 검색어를 장악하고 있었다.

"뭐야? 우리 어제 사진 찍혔던 거야?"

"너 원피스녀라는 것도 벌써 다 아는 것 같은데……."

SNS에 들어가니 재인의 말대로였다.

차 앞에서 수희를 끌어안은 사진 여러 장이 인터넷 전역에 쫙 퍼져 있었다.

최초의 사진이 올라간 시각을 보니 어제 수희를 만나고 채 10분이 지나지 않아서부터였다.

—내가 진즉부터 알아봤지. 몇 년 전부터 둘이 사귀고 있었던 거 아님? 근데 다시 봐도 미모가 ㅎㄷㄷㄷㄷ
—저 여자분 게임 회사 다닌다고 하지 않았나요? 저 얼굴로 게임 회사에서 하는 일이 뭐임? 모델임?
—조만간 결혼 소식 들려올 듯. ㅠㅠ 괜히 슬프다 징징징.
—혹시 당고녀는 어찌 됐는지 소식 아시는 분???
—아, 팬사인회 때도 찍혔던 그분이시네 ㅋㅋㅋㅋㅋ 하재건 진짜 캐부럽. 말이 안 되게 이쁘다. 진짜 인형인 듯;;;;
—ㅇㅇ 나도 사인회 가서 실제로 봤었음ㅋㅋㅋㅋㅋㅋㅋㅋ 사진빨 아니라 진짜 저렇게 생김. ㄹㅇ 존나 이뻤음.

"너 진짜 행동거지 조심해야겠다."
네티즌들의 반응을 읽고 난 수희가 불쑥 말했다.
입가에는 이 상황이 재미있다는 듯한 웃음이 걸려 있었다.
"되게 즐거워하는 표정이다?"
"즐겁지 그럼. 너 바람피우거나 이상한 짓하고 다니면 네티즌 수사대가 다 알려줄 테니까. 마음 편하게 살아도 되겠다는 뭐 그런?"

진동과 함께 이번에는 수희의 핸드폰으로 전화가 걸려왔다. 액정에 뜬 이름을 확인하자마자 그녀의 얼굴에서는 웃음기가 말끔히 사라졌다.

“어, 엄마?”

–이실직고해. 너 어제 한국 들어왔지?

“어떻게…… 알았어?”

–네 아버지가 알려줘서 알았어, 이것아. 그 하재건이라는 작가랑 사귀고 있는 거였어? 왜 여태 말 안 했어?

“엄마, 그게…… 어떻게 된 거냐면…….”

–아무튼 집에 언제 데려올 거냐고 네 아버지 난리다. 아버지 성격 알지? 네 아버지 닦달에 엄마 쓰러지기 전에 빨리 한번 데리고 와.

“어떡해……!”

수희가 즉석에서 사색이 되어갔다.

곁에서 통화 내역을 엿들은 재건은 정자세로 허리를 꼿꼿이 세우고 있었다.

수희의 아버지가 눈앞에 계시기라도 한 것처럼.

BIG LIFE

“공항에는 어쩐 일이십니까, 하 선생님?”

"그냥 마중 나올 사람이 있어서 좀 왔습니다."

"며칠 전 인터넷에서 화제가 된 사진 말인데요. 짧게라도 말씀 좀 부탁드립니다."

"사귀는 여자입니다."

"아, 그렇습니까? 정말 축하드립니다. 언제부터 만나오신 겁니까? 결혼을 전제로 한 만남이신가요?"

재건이 걷다 말고 우뚝 섰다.

예상치 못하게 만난 이 기자를 게이트에 도달하기 전 떼어내야 할 필요가 있었다.

잰걸음 때문에 흐트러진 넥타이를 고치며 그는 기자에게 물었다.

"죄송하지만 어디 계신 분이라고 하셨죠?"

"아, 네. 저 주간경향이요. 현성범이라고 합니다."

젊은 기자가 뒤늦게 명함 하나를 꺼내 공손히 내밀었다. 명함을 받아 든 재건이 주위를 한 차례 둘러보고는 나직이 말했다.

"현성범 기자님, 제가 지금은 조금 바빠서요. 보내주시면 조만간 전화 한 통 꼭 드리겠습니다."

오늘은 오픈하우스 출판사의 대표와 편집장이 한국으로 찾아오는 날이다. 그래서 재건은 기쁜 마음에 태원의 만류에도 불구하고 직접 마중을 나온 참이었다.

“오늘 공항에서 만나실 분이……?”

“미국 쪽 에이전트입니다.”

대답과 동시에 주머니의 핸드폰이 몸을 떨었다. 태원으로부터 걸려온 전화였다.

“네, 대표님. 아, 벌써 나오셨다고요? 알겠습니다, 금방 갈게요.”

전화를 끊은 재건이 멈췄던 걸음을 다시금 옮기기 시작했다. 등 뒤로 따라붙는 기자에게 그는 마지막으로 덧붙였다.

“이대로 보내주시면 조금 전의 그 얘기 단독입니다.”

“정말이십니까?”

“오늘까지 살면서 약속 어겨본 기억은 없습니다.”

“……전화 기다리고 있겠습니다!”

기자가 웃는 얼굴로 쫓아오기를 그만두었다.

재건은 가볍게 손을 흔들어 보이고는 걸음을 빨리 했다.

‘괜히 나 때문에 손님들까지 번거롭게 만들면 곤란하지.’

설마 공항에서도 자신에게 관심을 가질 기자와 맞닥뜨리게 될 줄은 몰랐다.

시야 속으로 게이트가 빠르게 커져 오고 있었다. 낯익은 태원의 얼굴이 가장 먼저 보였다.

‘으음……?’

의아함을 느낀 재건의 두 눈이 가늘어졌다.

태원 옆으로 선 짧은 머리칼의 여성은 아마도 유진일 것이다. 그 옆으로 선 두 남자는 아마도 오픈하우스의 대표와 편집장일 터였다.

“아, 하 작가님. 이쪽입니다.”

태원과 유진이 먼저 알아보고 손을 번쩍 들어 보였다. 그것을 신호로 50대의 흑인과 40대의 동양인도 재건 쪽을 돌아보았다. 격투기 선수처럼 거대한 몸집의 흑인, 그에 비해 한없이 왜소한 몸으로 나란히 선 동양인 모두 사람 좋게 웃고 있었다.

“금방 오셨네요. 이쪽이 오픈하우스 대표 벤 스미스, 그리고 이쪽이 에이든 쿠퍼 편집장이세요.”

유진이 즉석에서 영어와 한국어를 번갈아 사용하며 서로를 소개해 주었다.

신장이 200㎝에 육박하는 벤 스미스가 재건을 내려다보며 손을 내밀어 악수를 청했다.

“나…… 나이스 투 미츄…….”

재건이 손을 내밀어 맞잡으며 인사를 건넸다.

벤의 그림자 속에서 심하게 흔들리는 목소리가 자기 것 같지가 않았다.

‘엄청 크네…….’

도준과 마주 서서 대화할 때도 이 정도는 아니었다.

175㎝를 살짝 넘는 키의 재건은 벤을 바라보기 위해 목을 뒤로 한껏 꺾고 있어야 했다. 코 흘리던 어린 시절 아버지를 쫓아다니며 이렇게 올려다보곤 했던 기억이 문득 떠오르는 순간이었다.

'표정은 또 왜 이렇게 무섭고.'

크고 부리부리한 두 눈이 시선을 마주하는 것만으로도 위압적이었다.

눈만이 아니라 코와 입, 그리고 귀까지 모든 기관이 다 큼지막했다.

특히 입술은 과장되게 그려진 만화 속 캐릭터처럼 느껴질 만큼 크고 두꺼웠다.

"유진 씨, 그럼 일단 공항에서 나갈까요?"

재건이 유진을 돌아보며 물었다.

벤과 악수하던 손은 거둬들이기 위해 슬그머니 힘을 빼고 있었다.

바로 그때, 벤의 나머지 한 손까지 올라와 재건의 손등을 덮는 것이었다.

"무척, 감사합니다, 하재건, 선생님."

"……?!"

재건의 양쪽 귓불이 들썩였다.

이 굵직하고도 투박한 목소리는 잘못 들은 것이 아니었다.

분명히 벤은 한국어로 말하고 있었다.

“이렇게, 직접, 저희, 마중을, 나와, 주셔서, 무척, 감사합니다, 하재건, 선생님.”

벤의 말은 토막토막 끊어져 느리게 흘러나왔고 억양도 심하게 어색했다.

재건의 얼굴에서는 이내 환한 미소가 피어났다. 의미는 물론이고 마음까지 전해 받은 까닭이다. 잠시나마 품었던 경계심은 눈 녹듯이 사라졌다.

“한국어 인사를 연습하셨나 봅니다.”

“제가 가르쳐 드렸습니다.”

곁에 서 있던 편집장 에이든 쿠퍼가 나섰다. 이번엔 그의 한국어 발음이 꽤나 능숙해서 또 한 번 놀라 버린 재건이었다.

“대학 시절 교양으로 한국어 수업 들었습니다. 안 쓰면 또 금방 잊어버리기 때문에 지금도 한 달에 한 번씩 모여 공부합니다.”

에이든이 웃으며 덧붙였다.

억양과 발음이 부자연스럽기는 해도 확실히 한국어 구사능력이 능숙한 편이었다.

재건은 문득 한국계 미국인일 것이 분명한 이 편집장의 사연이 궁금해지고 있었다.

“우린 선생님께서 마중을 나오겠다고 쓰신 메일을 읽고 한

동안 멍하니 서로를 쳐다보았습니다. 헤이, 벤. 인천공항 시설이 그렇게 좋다던데? 선생님은 공항에서 우리에게 밥을 먹이고 곧장 미국에 돌려보낼 생각인가 봐."

벤을 바라보고 선 에이든이 손짓을 섞어가며 대화를 재연했다.

재건과 유진, 그리고 태원이 연달아 웃었다.

멍하니 서 있던 벤도 이내 의미를 파악하고 미소를 지었다.

"정말 기쁘고 감사합니다, 선생님."

"아닙니다, 저야말로 벤 대표님과 에이든 편집장님 덕분에 얼마나 기뻤는데요. 더 브레스에 주신 그 방대하고 세밀한 코멘트는 제 평생의 자양분이 될 겁니다."

"자양분? 자양분 무슨 뜻입니까?"

"아, 그러니까 제 근간, 파워…… 네, 파워가 될 겁니다."

"이해했습니다. 감사합니다. 자양분…… 자양분……."

즉석에서 펜을 꺼내 메모를 하는 에이든이었다.

벤과 에이든은 짐이 그다지 많지 않았다.

2박 3일의 짧은 여정이어서 각자 작은 가방을 하나씩 챙기고 있을 뿐이었다. 그래서 호텔 체크인은 뒤로 미루고 식사부터 하기로 얘기가 끝났다.

"한국 음식을 그렇게 드시고 싶으셨다고요?"

"저 때문에 벤도 한국 음식을 엄청 좋아합니다. 현지에서 최대한 많이 먹어야 한다고 출발 며칠 전부터 굶었습니다."

주차장에는 래프북스의 직원과 밴이 대기하고 있었다. 태원이 오늘을 위해서 특별히 준비한 차량이었다. 체격이 큰 벤을 비롯해 5명이 올라탔으나 자리는 넉넉했다.

"그럼 출발하겠습니다."

목적지는 태원이 예약해 둔 명동 인근의 한정식 전문점이었다. 벤과 에이든의 호텔이 명동 소재이기 때문에 가까운 곳으로 정했다.

차가 달리는 내내 벤은 웃음을 잃지 않은 얼굴로 이런저런 말을 걸어왔다.

재건은 그의 유머러스하고 푸근한 기질이 좋았다. 부족한 회화 능력 탓에 여간 고역이 아니었지만 최선을 다해 화답하고 있었다.

떠들썩한 벤과 다르게 에이든 쪽은 조용했다.

이따금 사람들 쪽으로 시선을 던지며 조용히 웃을 뿐, 대체적으로 창밖의 풍경에만 시선을 집중하고 있었다.

그의 두 눈 가득 깃든 그리움을 알아본 사람은 재건뿐이었다.

BIG LIFE

"맛있습니다, 정말 맛있습니다. 한국인은 매일 이런 걸 먹습니까?"

"그렇지 않습니다. 이런 냉채나 생선찜, 갈비 같은 음식은 한국인에게도 고급 요리입니다. 특별한 날에 먹지 일반적으로 먹기엔 부담스럽지요."

재건이 친절히 설명하며 그릇을 밀어주었다.

에이든은 즉석에서 그의 말을 벤에게 통역해 주었다. 벤은 고개를 끄덕이면서도 연거푸 음식을 입에 밀어 넣는 중이었다.

호박죽으로 시작된 한정식 코스는 어느새 후반부에 다다르고 있었다.

벤과 에이든은 정말로 맛있게 식사를 즐겼다. 보는 재건이 다 배가 부를 정도였다.

"이제 몇 가지 반찬이랑 돌솥밥이 나올 겁니다."

"또 나옵니까? 제 거 벤에게 넘깁니다."

농담으로 말을 받고 난 에이든이 벤의 귓가에 뭔가를 속삭였다. 이어 벤이 고개를 끄덕이자 에이든은 재건에게 시선을 되돌렸다.

"이제 사업적인 이야기 드리고 싶습니다, 선생님."

"아, 네."

재건이 허리를 곧추 세우며 자세를 고쳤다.

그 역시 슬슬 본론으로 진입할 시점이라고 짐작하던 바

였다.

"제가 드릴 이야기 메일과 전화를 통해서 드렸던 이야기 그대로입니다. 저희는 꼭 더 브레스 미국 시장에 출간하고 싶습니다."

에이든의 목소리에 힘이 가득 실렸다.

웃음기가 사라지고 한없이 진지해진 표정으로 그는 말을 계속했다.

"처음 더 브레스 영문판 원고로 읽었습니다. L.A에 친구 있습니다. 저 편집장이고 좋은 장르 소설을 찾고 있다는 사실 아니까 친구가 메일 보내줬습니다."

가방에서 태블릿 PC를 꺼내서는 직접 당시의 메일까지 보여주는 에이든이었다.

"당시 저 매우 바빴고 감기 걸려 컨디션 나빴습니다. 회사엔 병가 신청했고 이틀간 쉬기로 되었습니다. 그런데 바로 다음 날 아픈 몸으로 출근했습니다. 왜냐하면 더 브레스를 읽었기 때문입니다."

에이든이 '더 브레스' 원고를 꺼내 들었다.

재건을 비롯해 좌중의 사람들에게 원고를 흔들어 보이는 그의 표정은 확신으로 가득 차 있었다.

"그날 더 브레스 작가가 한국인이라는 사실 알게 됐습니다. L.A에도 다녀오고, 인터넷 통해서도 선생님 정보 구했습니다. 제가 한국어 잘해서 진행 빨랐습니다. 이 비즈니스 잘 되면 벤은 나와 다시 연봉 협상 테이블에 앉아야 합니다.”

또 한 번 주변이 웃음바다가 되었다.

혼자만 멀뚱히 앉아 있던 벤도 유진이 통역해 주자 이마를 싸매고 쓰게 웃었다.

에이든이 말을 이었다.

“아직 한국 시장 문단과 장르의 경계 뚜렷하게 구분되어 있다고 압니다. 그래서 선생님 대단합니다. 하재건과 풍천유라는 이름으로 양쪽 시장 엄청나게 성공했습니다. 바다가 있었다, 겨자 목욕탕, 전부 읽었습니다. 선생님 파워 알았습니다.”

“고맙습니다.”

“선생님, 저희가 한국까지 찾아와 줘서 고맙다고 하십니다. 그런데 그거 아닙니다. 선생님 소설 대단하고 우리는 그거 꼭 출간하고 싶습니다. 당연히 비즈니스 이렇게 해야 합니다. 그런데 안 하는 다른 출판사들 정보력도 크면서 바보입니다. 그런데 왜…….”

그때 문득, 에이든이 벤을 힐끗 돌아보고는 입을 다물었다. 뭔가 더 하고 싶은 얘기가 있는 눈치였지만 말을 아끼는 모양새였다.

에이든 대신 벤이 바통을 넘겨받아 말을 이었다.

듣고 난 유진이 통역을 시작했다.

"절대로 실망시키지 않겠다고 하십니다. 어떤 말로도 칭찬할 방법이 없는 소설이라고, 눈을 뗄 수 없는 이 멋진 서사로 미국인 독자들을 기겁하게 만들고 싶다고요."

벤의 열띤 목소리는 줄줄이 계속되고 있었다.

"미국의 장르 소설은 점점 더 대중적으로 진화하고 있다고 합니다. 특히 판타지가요. 마법사와 공주 등의 모험을 그린 클래식 스타일에서부터 뱀파이어라든가 초능력자들이 나오는 파라노말 판타지 등등 다양한 이야기가 독자들의 입맛을 충족시켜 주고 있어요."

재건은 생각에 잠긴 채 묵묵히 고개를 끄덕이고 있었다.

에이든이 다시금 정적을 가르고 말을 보탰다.

"미국 시장에서 판타지 장르 유행 잘 안 탑니다. 더 브레스 길고 길게 베스트셀러 될 겁니다. 맡겨요, 선생님. 죄송합니다, 맡겨줘요? 맡겨주세요."

우스꽝스러운 표현에 웃음을 머금은 재건은 사실 이미 결정을 내린 상황이었다.

벤과 에이든을 만난 지 이제 고작 두 시간이 지났을 뿐이지만 결심은 더욱 확고해졌다.

'더 브레스'가 미국 시장에 상륙하게 된다면 그 수단은 오픈하우스가 될 것이라고.

"아, 선생님. 그리고 이것도 보세요."

에이든이 태블릿 PC를 탁자 위에 내려놓고는 문서 파일 하나를 화면에 띄웠다. 영문으로 작성된 원고 화면을 손가락으로 톡톡 두드리면서 그는 설명했다.

"이거 더 브레스 팬 픽션입니다."

"팬 픽션이요?"

"L.A의 독자들이 더 브레스 가지고 새로 이야기 만들었습니다. 주인공 에드워드가 드래곤과 힘을 합쳐 제국군 막습니다. 드래곤은 힘이 다해 나락으로 떨어집니다. 에드워드는 공주 구했지만 드래곤을 잃었기에 슬퍼서 웁니다. 이게 선생님 더 브레스 결말입니다. 독자들 많이 슬퍼서 팬 픽션 잔뜩 씁니다."

재건이 두 눈을 게슴츠레 뜨고 원고를 자세히 확인했다.

확실히 '더 브레스'의 주인공 기사인 에드워드와 드래곤이 등장하는 팬 픽션이었다. 죽은 줄만 알았던 드래곤이 되살아나서 에드워드와 재회하는 것으로 이야기가 시작되고 있었다.

"독자들이 더 브레스 그렇게 끝나는 거 원하지 않습니다. 저도 드래곤 죽었다고 생각 안 합니다. 반드시 살아 있을 거라고 믿습니다. 더 브레스 좋아하는 독자 이렇게 많습니다."

"아하하…… 네."

"저희와 계약 안 하신다면 유감이지만 그래도 더 쓰시면 좋습니다. 독자로서 소망합니다. 더 브레스 2부, 3부 계속 써주시면 저희 좋습니다.”

에이든 스스로가 앞서 밝혔듯이 이런 너스레마저 호감을 사기 위한 업무의 일환일지도 모른다.

그런 부분들을 염두에 두었다고 해서 재건의 뿌듯한 기분이 사라지는 건 아니었다.

“책이 출간된다면 부제는 드래곤 라이더 좋겠습니다.”

“……네?”

재건이 웃다 말고 멍해져 고개를 들었다.

에이든이 왜 그러냐는 듯이 양어깨를 으쓱해 보였다.

“더 브레스 1부 드래곤 라이더, 이렇게 나가면 좋을 것 같습니다. 드래곤 라이더가 원래 제목이었다는 거 선생님 트위터 보고 알았습니다. 저와 벤은 드래곤 라이더란 제목 좋았는데 왜 바꿨을까 궁금했습니다.”

“드래곤 라이더가 더 브레스보다 좋은 제목이라는 말씀이신 건가요?”

“더 브레스도 좋지만 개인적으로 드래곤 라이더 확실해서 좋습니다. 드래곤 라이더. 의미 전달 확실합니다.”

재건은 바이킹을 탔을 때처럼 아랫배가 찌르르 울리는 걸 느꼈다.

제목으로 칭찬받는 일이 이렇게 기분 좋은 일이었다니. 거짓말을 조금 보태서 감격의 눈물이 찔끔 나올 정도였다.

"권 대표님, 들으셨어요?"

재건이 유진 건너 옆쪽의 태원을 바라보며 의기양양하게 물었다.

태원은 고개를 갸웃거리며 쓴웃음을 지을 뿐이었다. 소미와 더불어 당시 '드래곤 라이더'라는 제목을 반대했던 장본인인 것이다.

"돌솥밥 나왔습니다."

직원이 돌솥밥과 밑반찬을 하나씩 테이블 위로 내려놓았다.

그사이에 재건은 태원과 유진을 차례대로 바라보며 시선을 교환했다. 눈빛으로 의미를 알아들은 그들은 고개를 주억거리는 것으로 답하고 있었다.

"맛있게 드시고 조용한 곳으로 자리를 옮기시죠."

숟가락을 들면서 재건이 입을 열었다.

"계약서는 가져오셨죠?"

"선생님……?"

에이든의 만면이 미소로 물들었다.

곧이어 유진이 통역을 해주었고 벤은 자리에서 벌떡 일어섰다. 소년처럼 환호하는 그를 보며 재건은 또 한 번 웃을 수밖에 없었다.

99장
고통이다

"아마 하 작가님이 동양인이 아니었다면 진즉 다른 출판사에서도 접촉을 해왔을 거라고. 그런 얘길 하고 싶었을 거예요."

벤과 에이든을 보내고 주차장으로 돌아오는 길.

재건은 유진을 통해 자리에서 풀지 못했던 의문의 해답을 듣는 중이었다.

"그냥 제가 넘겨짚은 걸 수도 있겠지만 제가 보기엔 그래요. 동양인을 얕잡아 보는 풍조라고 해야 할까. 미국 시장은 넓고 좋은 작가는 자국에도 얼마든지 있다는 자신감? 그토록 큰 시장에서 번역서의 비중은 3~4%밖에 되지 않으니 그럴 만도 하다고 볼 수 있을까요?"

"으음…… 네."

"직접 한국까지 찾아가서 계약을 청할 만큼 아쉬울 게 없다 이거죠. 그럴 필요도 없이 회사도 크고요. 사실 오픈하우스만큼 하 작가님에 대한 조사를 철저히 한 업체도 거의 없을 거예요."

재건은 수긍하듯 고개를 끄덕이고 있었다. 길을 걷다가도 독자들이 알아보고 달려올 만큼 유명해졌다고 하지만 어디까지나 한국에서의 일이다.

미국에서 자신을 아는 사람이 과연 얼마나 될까.

출간된 책을 읽었다고 해도 하재건이라는 이름 세 글자를 기억해 줄 미국인이 몇이나 남아 있을까.

그런 생각을 하니 오픈하우스의 정성이 더욱 고맙게 느껴지는 것이었다.

유진이 한숨 섞인 목소리로 푸념하듯 말을 이어 나갔다.

"벤과 에이든하고는 개인적으로 친분이 좀 있어요. 보셨다시피 한 명은 흑인이고 또 한 명은 한국계예요. 피부 색깔로 많이 고생하면서 자랐어요."

"그랬군요."

"벤은 어린 시절부터 흑인을 경멸하는 조크를 굉장히 혐오했대요. 가수 스티비 원더가 책을 못 읽는 이유는 맹인이라서가 아니라 흑인이기 때문이다. 이런 것들이요."

"정말 저열한 말장난입니다."

"학생 기숙사에서 생활할 땐 이런 일도 겪었대요. 백인 룸메이트가 다른 친구와 얘기하는 걸 우연히 들었다더라고요. 여자 친구에게 줄 반지를 샀는데 벤이 훔쳐 갈까 봐 걱정이라고. 그러니까 다른 친구가 말하더래요. 흑인은 책과 거리가 먼 인종이니까 책 속에 숨기면 안전할 거라고. 그리고 배를 잡아대며 웃었다더군요."

말을 듣는 재건은 당연히 조금도 웃고 있지 않았다.

"그걸 빌미로 출판업계에 몸담을 생각을 했다니. 그리고 지금은 사업적으로도 성공했으니까 자긴 그 못된 친구를 이젠 스승님으로 생각한대요. 그들이 없었으면 오늘까지 악에 받쳐 달리지 못했을 거라고."

"아이러니하네요."

"생긴 건 달라도 벤과 에이든은 서로 마음이 잘 맞아요. 댈러스 슬럼가에서 태어난 벤이랑 3살도 되기 전에 미국으로 입양된 에이든은 공통분모가 의외로 많거든요. 이것도 두 사람이 제게 직접 들려줬던 얘기예요."

길이 끝나고 주차장이 눈앞에 나타났다.

살짝 걸음을 멈추고 선 유진이 싱긋 웃으며 덧붙였다.

"어쩌면 에이든은 더 많은 이유로 하재건 선생님의 책을 미국 시장에 출간시키고 싶은 걸지도 몰라요."

"무슨 말씀을 하시려는 건지 어렴풋이 알 것도 같습니다."

드르륵!

핸드백 속에서 유진의 핸드폰이 울렸다.

양해를 구하고 핸드폰을 꺼내 든 그녀의 두 눈이 토끼처럼 동그래졌다. 생각지도 않은 사람으로부터 걸려온 전화였다.

"……?"

유진은 진동하는 핸드폰을 부서져라 꼭 쥐고 섰다. 전화를 받을 엄두가 나지 않았다.

액정 위로 떠오른 세 글자의 이름을 보는 것만으로도 한없이 굳은 얼굴이 눈앞에 그려지는 듯했다.

심상치 않은 기색을 느낀 재건은 자리를 피해주기 위해 태원에게 말을 건넸다.

"권 대표님, 커피나 한잔 더 하실까요?"

"아, 그러시죠. 저기 카페 있네요. 제가 세 잔 사 올게요."

"같이 가요, 대표님."

재건과 태원이 주차장 너머의 테이크아웃 카페로 걸음을 옮겼다.

유진은 멀어져 가는 그들의 뒤에 여전히 그대로 우두커니 서 있었다.

전화를 받지 못한 채로 길었던 진동이 끝났다.

하지만 여지없이 재차 같은 이름으로 전화가 걸려왔다.

유진은 피할 수만은 없음을 깨닫고 심호흡을 했다. 그만큼 각오가 필요한 대상이었기에.

"여보……세요……?"

자신의 입에서 이토록 무기력한 목소리가 나올 수도 있었다는 사실을 간만에 실감하는 유진이었다.

전파 너머에서는 뜻 모를 한숨이 무겁게 내리깔리고 있었다.

–유진이냐?

"네, 맞습니다……."

유진이 현기증을 느끼고 이마를 싸맸다.

주차장 담벼락에 코트 입은 등을 살며시 기대고 서서 그녀는 말을 이었다.

"건강하셨어요? 회장님……."

–그래, 나는 건강하게 잘 지낸다. 너도 잘 지내고 있었니?

"덕분에 잘 지내고 있습니다……."

–에이전시에 연락했더니 한국으로 왔다고 하더구나.

"네, 작품 계약 건 때문에 잠시 들어왔습니다."

–미국엔 다시 언제 돌아가니?

"아직 확실한 일정은 정해지지 않았습니다."

–그렇구나.

잠시 대화가 끊기고 침묵이 일었다.

유진은 앞머리를 쓸어 넘기며 길 저편으로 눈길을 던졌다.

재건과 태원은 아직 메뉴판을 보며 커피를 고르는 중이었다.

—명석이도 만나기로 했니?

느닷없이 상대의 질문이 이어졌다.

유진은 보는 사람도 없는데 고개를 끄덕이며 나직이 대꾸했다.

"아마 한 번은 만나게 될 것 같습니다."

—업무 때문인 거냐?

"아니요, 업무 문제는 아닙니다."

—그럼 만나지 마라.

단호한 한마디가 유진의 폐부를 가르는 듯했다.

—명석이 이제 어린 나이 아니다. 내가 일선에서 물러날 날도 얼마 남지 않았고. 애비로서 볼 때마다 걱정이 이만저만이 아니다.

"……."

—애가 감성적이고 마음이 여린 데가 있어. 확실하게 맺고 끊을 줄을 몰라. 내가 무슨 말을 하려는 건지 이해해 줄 수 있겠니?

"회장님……."

—대답해다오, 이해해 줄 수 있겠니?

유진의 두 눈망울에 뜨거운 눈물이 가득 고였다.

이제 곧 재건과 태원이 돌아온다.

화장이 번질까 두려워서 차마 눈을 감을 수가 없었다. 고개를 무너뜨리자 중력을 이기지 못한 눈물이 아스팔트 바닥으로 뚝뚝 떨어졌다.

–대답이 없는 건 명석이를 포기 못 하겠다는 의미인 게냐?

"아니, 아니요…… 회장님, 그런 게 아니라……."

–제발 부탁이다. 명석이의 짐이 되지 말아다오. 앞길이 창창한 녀석이다. 웅성그룹을 끌고 가야 할 내 장남이다.

유진이 핸드폰에서 입을 멀리 하고 뜨거운 숨결을 토해냈다.

당장 내뱉을 수 있는 말이 없었다.

그날 하룻밤의 일만 아니었어도. 그래서 이러한 몸이 되지만 않았어도 즉시 확답을 드릴 수 있었을 것을.

문득 전파 저편에서 어수선한 기척이 일었다.

곧이어 통화하던 상대는 유진에게 짤막하게 덧붙였다.

–한번 만나서 얘기하자. 다시 전화하겠다.

"네, 회장님. 저녁 맛있……."

뚝!

인사가 끝나기 전에 전화가 끊어졌다.

아직도 고개를 들지 못한 유진의 두 눈에서 마지막 한 방울의 눈물이 떨어졌다.

커피를 들고 길을 건너오는 재건과 태원의 모습이 그녀의 시야 끝자락에 걸리고 있었다.

"후우……!"

유진은 재빨리 돌아서서 얼굴을 고쳤다.

몇 번이고 가슴을 부풀리며 숨을 몰아쉬고 있으려니 얼마간 진정이 되는 느낌이었다.

그사이에 두 사람은 등 뒤로 다가와 섰다.

"유진 씨, 어떤 거 좋아하실지 몰라서 세 가지 샀어요. 아메리카노, 카페라떼, 모카라떼 셋 중에 먼저 고르세요."

"아, 고맙습니다. 저는 아무거나 괜찮아요."

유진이 싱긋 웃어 보이며 손에 잡히는 커피 하나를 가져갔다.

재건은 붉게 물든 그녀의 두 눈을 보았지만 모르는 척 아무 말도 하지 않았다.

"그럼 권 대표님은 여기서 들어가실 건가요?"

"네, 차부터 돌려주고 김 대리랑 사무실 들어가서 바로 작업 시작해야지요. 하 작가님은요?"

"저는 부천 사무실로 들어가려고요."

그렇게 대답하며 재건이 유진을 돌아보았다.

눈짓으로 던지는 그의 물음에 유진은 잠시 생각하더니 입을 열었다.

"부천으로 가시면 저…… 거기 인근 지하철역에 내려주실 수 있을까요?"

"어디 가시려고요?"

"네, 인천 쪽에 볼일이 있어서요."

"알겠습니다. 그럼 제 차로 가시죠."

커피를 다 마신 뒤 인사를 나눴다.

태원이 래프북스 직원과 함께 한발 먼저 떠난 다음 재건과 유진도 차에 올라탔다.

"인천 어디까지 가시는 거예요?"

운전석의 재건이 안전벨트를 끌어내리며 물었다.

"제가 목적지까지 모셔다 드릴게요."

"그냥 지하철역에 내려주시면 충분해요."

"어차피 근방이라서 운전하기 힘들지도 않아요. 어디까지 가시는 건데요?"

"으음, 오이도까지 괜찮으시겠어요?"

재건이 흔쾌히 웃으며 고개를 끄덕였다.

"오이도야 금방 가죠. 그럼 출발합니다."

재건이 차를 출발시켰다.

부드럽게 달리기 시작한 차 안을 돌아보며 유진이 중얼거렸다.

"차 좋다."

"오명석 편집장님이 사 주신 겁니다."

"아, 전에 들었던 것 같아요."

"이번에 편집장님하고는 안 만나세요?"

재건이 자연스럽게 질문을 이었다.

내색은 하지 않았지만 속으로는 걱정하고 있었다. 조금 전 주차장에서 보았던 유진의 젖은 두 눈이 명석과 관련된 일 때문인 것 같아서였다.

"만날 일이 없으니까요."

"사람이 일만 하는 기계도 아닌데요. 두 분 대학 시절부터 오래 만나셨잖아요."

유진은 대답 대신 희미하게 웃었다.

재건은 더 대화를 이을 수가 없어 운전에만 집중했다.

어느덧 차가 서울 경계를 벗어나 부천에 진입했다.

적신호 앞에서 잠시 멈춰 섰을 때, 유진이 길었던 침묵을 깨고 제안했다.

"하 작가님, 오늘 바쁜 일 없으시면 술 한잔하실래요?"

"술이요……?"

재건이 알아들었으면서도 되물으며 고민했다. 사무실에 들렀다가 수희를 만나러 갈 생각이었으니까.

"오늘 술 한잔 마시고 싶었거든요. 괜히 곤란하시게 만든 것 같아서 죄송하네. 안 되시면 어쩔 수 없고요."

"아니, 음…… 됩니다."

재건이 비교적 빠르게 결정을 내리고 대꾸했다.

이제 유진이 언제 미국으로 돌아갈지 모른다. 그간 고마운 일도 많았으니 응해줘야겠다는 생각이었다. 게다가 주차장에서 은연중 보았던 슬픈 기색도 마음에 걸렸다.

"그럼 어디로 갈까요?"

"이대로 오이도에 가주시면 될 것 같아요."

재건은 유진의 오이도로 가는 목적이 술이었음을 깨닫고 다시금 물었다.

"편집장님께도 연락드려 볼까요?"

"그러실 거 없으세요. 지금 만나러 가는 중이니까요."

"아, 그랬던 거였어요? 진작 말씀하시지."

재건이 어이없다는 듯 웃으며 고개를 내저었다.

때맞춰 신호가 녹색으로 바뀌었고 차가 미끄러지듯 달리기 시작했다.

BIG LIFE

"맛이 어떠세요?"

"신선하고 좋네요. 유진 씨 덕분에 조개구이 오랜만에 먹어봅니다."

재건이 목장갑을 낀 두 손으로 불 위의 조개를 뒤집으며 대꾸했다.

창밖으로는 붉은 등대를 사이에 둔 깊은 밤의 바닷가가 펼쳐져 있었다.

“조개만 구우시지 말고 잔 드세요.”

“고맙습니다. 저도 한잔 드리고 싶은데 장갑을 끼었으니 통!”

두 사람은 건배를 나누고 차가운 소주를 목젖으로 넘겼다.

한겨울의 추운 날씨에 앞에 둔 따스한 불길이 좋았다.

불꽃과 함께 탁탁 튀기며 익어가는 조개도 맛이 기가 막혔다.

“그런데…… 편집장님은 언제쯤 오시기로 하신 겁니까?”

재건이 거의 바닥을 드러낸 술병을 힐끗거리며 물었다.

벌써 이곳에 도착한 지 30분이 훨씬 넘었다. 아직도 만나기로 했다던 명석은 감감무소식인 것이다.

“올 때가 되면 오겠죠. 신경 쓰지 마시고 우리끼리 맛있게 먹어요. 언니, 여기 소주 한 병 더 주세요.”

유진의 술 마시는 속도는 터무니없이 빨랐다.

금세 두 번째 병도 동이 나고 바로 세 병째의 소주를 주문했다.

“너무 빨리 드시는 거 같습니다.”

“오늘따라 술이 달콤하네요. 조절할게요.”

드르륵!

"죄송해요, 하 선생님. 전화 좀 받고 올게요."

"네, 천천히 하세요."

유진은 다소 비틀거리는 걸음으로 식당 바깥으로 나섰다. 차가운 바람 속에서 그녀가 전화를 받았다.

"우리 명훈 씨가 어쩐 일로 연락을 하셨는가?"

—누나, 한국 들어왔다면서요.

"응, 들어왔지. 이 누나 보고 싶어서 전화했구나? 뉴욕에선 바쁘다고 밥 한 끼 먹을 시간도 안 내주더니?"

—목소리 들으니 벌써 어디서 한잔하셨네. 우리 형은 안 만나요?

"이번엔 만날 일이 없어서. 명석이도 바쁠 거고."

—일이 없으면 만들어서라도 만나야 되는 거 아니에요?

"무슨 말을 하고 싶은데?"

유진이 장난을 그만두고 정색해서 되물었다. 상대는 뜸도 들이지 않고 다그치듯 말을 이었다.

—왜 형 전화 안 받아요. 형이 여러 번 전화하는 것 같던데.

"네가 신경 쓸 문제 아냐."

—무슨 일이 있는지는 모르겠지만 피해서 되겠습니까?

"오지랖이란 생각 안 드니? 누나 오늘 피곤한데 다음에 통화하자. 끊을게."

유진이 핸드폰을 거둬들이려는 찰나.

상대의 다급한 목소리가 전파를 꿰뚫고 날아들었다.

–내일모레 대명그룹 일가하고 상견례 있어요.

"……?!"

–무슨 얘긴지 알아들었어요? 우리 형이랑 그 집 막내딸이랑 만난다고요. 일단 그 자리 성사되면 그때부턴 못 말립니다. 형의 의지 같은 거 소용없어요.

"왜…… 나한테 이런 말까지 하는데?"

상대가 기막히다는 듯이 코웃음을 치고 있었다. 부서지는 파도 소리 속에서 그의 묵직한 한마디가 파고들었다.

–형 괴로운 거 보기 싫어서요.

"……."

–우리 형 좀 챙겨줘요. 전화 한 통이라도 해봐요.

"끊을……게."

전화를 끊은 유진은 두서없이 걸음을 내디뎠다. 방향을 가늠하지 못하고 헤매다 보니 식당과는 전혀 반대쪽으로 걸어가고 있었다.

지나가던 행인과 몸을 부딪고 나서야 그녀는 다시 재건이 있는 식당으로 몸을 돌렸다.

"죄송해요, 통화가 조금 길어져서……."

"아닙니다, 앉으세요."

자리에 앉은 유진은 다짜고짜 술 한잔을 가득 따라 들이마셨다. 대명그룹 일가와 상견례가 있다던 말이 메아리처럼 귓가를 울리고 있었다.

'차라리 말이나 말지, 더 입 한 번 벙긋 못 하게 됐잖아.'

대명그룹의 막내딸이라면 유진도 당연히 알고 있다.

미국 유학을 마치고 경영 수업을 받기 시작했다는 뉴스도 얼마 전에 봤다.

나이는 스물일곱이었던가.

어떤 측면으로 봐도 자신보다 훨씬 잘난 여자였다.

"유진 씨, 제가 편집장님께 전화 한 통 드려볼게요."

보다 못한 재건이 조심스레 말을 건넸다.

이런 식으로 가다가는 명석이 도착하기도 전에 만취해서 쓰러질 것만 같았다.

"그러지 마세요."

유진이 손을 휘휘 내저으며 말렸다. 그녀의 두 눈은 이미 한껏 풀려 있었다.

"벌써 왔어요, 명석이."

"무슨 말씀이세요. 취하셨어요?"

"그래요, 취했어요. 그렇지만 명석이 왔다는 말은 진짜예요. 제 기억 속의 명석이는 여기 그대로 앉아 있다고요."

"……!"

재건이 멍청하게 입을 반쯤 벌렸다.

유진이 명석과 함께 했던 추억의 장소로서 이곳을 찾아왔음을 뒤늦게 깨닫는 순간이었다.

"죄송해요. 죄송해요, 하 선생님……."

유진이 흐느끼며 테이블 위로 엎드렸다.

재건은 그녀가 다치지 않도록 사람을 불러 불을 뺐다. 그리고 먹먹해진 가슴속으로 조용히 술 한 잔을 들이부었다.

드르륵!

탁자 위에 놓인 유진의 핸드폰이 진동했다.

액정 위로 '강 선생님'이라는 이름이 떠오르고 있었다.

"유진 씨, 전화 왔어요. 유진 씨."

유진은 반응이 없었고 재건은 어이가 없었다.

흐느끼며 엎드린 지 10여 분이나 지났을까. 이 짧은 사이에 잠들어버리다니.

매사에 확실하고 야무진 양반인 줄 알았는데 오늘따라 왜 이렇게 흐트러졌는지 의문이었다.

'전화가 계속 오네.'

가만히 놔두니 핸드폰이 끝도 없이 울렸다. 2번, 3번, 4번에 이어 같은 사람으로부터 연달아 전화가 걸려왔다. 뭔가 급한 일일지도 모른다.

유진을 깨우다 못한 재건은 고민한 끝에 핸드폰을 집어 들었다.

"네, 채유진 씨 핸드폰입니다."

—여보세요? 채유진 씨 핸드폰 맞습니까?

나이 지긋한 여자의 목소리가 묻고 있었다.

재건은 한 손으로 유진의 어깨를 흔들며 대답했다.

"맞습니다. 친구인데 지금 유진 씨가 전화를 받을 상황이 아니어서 대신 받았습니다."

—혹시 자고 있는 거라면 좀 깨워주세요.

"지금 자는 게 아니라 술을 조금 마셔서요. 제게 말씀해 주시면 이따 전해 드리겠습니다. 급한 일이세요?"

—으으음……!

불쾌감이 잔뜩 어린 침음이 재건의 귀를 자극했다.

왜 그러나 싶은 재건에게 상대의 말이 이어졌다.

—자네, 친구라고 했나?

"그렇습니다만……."

존대마저 생략하는 상대 앞에서 재건이 가슴을 곧게 폈다.

곧이어 예상치도 못한 호통이 한바탕 귀를 울렸다.

—이봐요, 당신! 친구란 양반이 임신한 사람을 만취하도록 지켜만 보고 있었던 거요?!

"네……?"

재건은 뒤통수를 쇠파이프로 얻어맞은 기분이었다. 얼떨떨한 그의 시야 속에서 유진은 여전히 미동조차 없었다.

“지금…… 채유진 씨에 대해서 말씀하신 거 맞습니까?”

재건이 유진을 두 눈에 담고서 확인하듯 물었다. 세상을 잊고 잠든 유진의 모습은 속이 텅 비어 널브러진 술병들 중 하나처럼 보였다.

“……네, 알겠습니다. 알아들었고 제가 얘기하겠습니다. 고맙습니다.”

이윽고 재건이 전화를 끊었다.

목이 메어 말이 나오지 않을 만큼 놀랐다. 관자놀이를 꾹꾹 눌러도 멍해진 정신은 쉽사리 되돌아오지 않았다.

‘임신이라니…….’

창가에 드리워진 포장을 걷어내자 한결 굵직해진 바람이 쏟아져 들어왔다.

뜨끈한 국물이 삽시간에 식어가면서 머리도 얼마간 환기가 되기 시작했다.

‘두 사람 도대체 무슨 일이지.’

유진이 결혼하지 않은 건 이미 알고 있다.

자연스레 명석이란 남자에게까지 생각이 미쳤다. 두 사람이 친구 이상의 관계라는 것을 예전부터 짐작하고 있었으니까.

추측에 지나지 않았던 재건의 생각은 이 순간에 이르러 더욱이 명확해졌다.

유진은 명석과의 소중한 추억을 좇아 이곳 어두운 바다로 찾아들었던 것이다.

자세한 사연은 모르지만 어쨌든 여전히 명석을 잊지 못하고 있는 것이다.

"으음…… 명석아…… 추워……."

유진이 잠꼬대처럼 입술을 달싹이며 몸을 움츠리고 있었다.

재건은 겉옷을 덮어주려다 말고 자리에서 일어섰다. 계산을 마치자마자 유진을 등에 업고 식당을 빠져나왔다.

'고통이다…….'

축 늘어진 유진을 짊어지고 걷는 재건의 가슴 안에서 예고도 없이 하나의 감정이 샘솟았다.

그것은 후회와 혼란이었다.

전화를 받지 않았으면 어땠을까. 유진의 인생에 한 걸음이나마 발을 들이밀 일도 없지 않았을까.

타인의 내일을 바꿀 수도 있는 중대한 기로에 스스로 들어섰다.

그 점을 깨달았지만 어떻게 대처해야 할지는 알 수가 없는 재건이었다.

짙은 어둠에 휘감겨 형태를 헤아릴 길이 없는 저 바다처럼.

100장

가족 소중한 줄 알면 됐어

골목으로 진입한 차가 속도를 줄였다.

오늘의 운전자는 재건이 아니라 수희였다. 안내가 필요하지 않은 내비게이션은 한참 전에 꺼버렸다.

지금 향하고 있는 목적지는 세상 어디보다 익숙한 그녀의 연희동 본가였다.

"이제 거의 다 왔어. 저 모퉁이만 돌면 돼."

"……."

조수석에 앉은 재건은 대답이 없었다.

풀린 두 눈으로 지나가는 창밖의 풍경을 멀거니 바라보고만 있을 뿐이었다.

모퉁이 앞에서 핸들을 꺾으며 수희는 재차 말을 건넸다.

"재건아, 뭐해?"

"음? 아니, 아니야."

"많이 피곤하지? 어제도 술 마시고 늦게 들어왔잖아. 날짜 역시 잘못 잡은 걸까?"

"술 별로 안 마셨어. 잠도 충분히 잤고."

"그럼 무슨 일 있었어? 만났을 때부터 느꼈지만 표정이 너무 안 좋아, 너."

재건이 한숨으로 수희의 말을 수긍하고는 대꾸했다.

"그냥 조금 생각할 게 있어서."

"심각한 거니?"

"경우에 따라서는…… 아버님 어머님 뵙고 나서 돌아갈 때 얘기해 줄게."

"알았어, 그럼 더 안 물어보고 기다릴게."

두 사람은 한 단독주택 앞의 담벼락에 차를 세우고 내려섰다.

2층짜리 소박한 인상의 가옥이었다. 담 너머 언뜻 보이는 2층 테라스에서는 널어둔 빨래가 바람에 넘실거리고 있었다.

"집이 푸근해 보여서 좋다."

"좀 낡았지? 우리 아빠가 처음으로 돈 벌어서 사신 집이거든. 절대로 이사 안 가려고 하셔. 들어가 보면 안은 또 괜찮을 거야."

딩동!

수희가 초인종을 눌렀다.

인터폰을 통한 확인 절차도 없이 원격으로 문이 덜컹 열렸다.

아담한 뜰을 반쯤 지나던 차에 집 안에서 수희의 어머니 연옥이 나왔다.

"말한 것보다 빨리 왔네?"

"응, 차가 안 막혀서. 재건아, 우리 엄마."

"안녕하세요, 어머님. 하재건이라고 합니다."

"어, 어서 오세요. 먼 길 오시느라 애쓰셨어요."

연옥이 수줍은 미소를 지으며 다가와 섰다. 가까이서 재건을 바라보는 그녀의 표정은 감탄스러워하는 기색이 역력했다.

"어쩜…… TV로 볼 때보다 훨씬 멋있게 생기셨네. 연예인 보는 기분이 이런 건가 보네. 영화를 보자 매주 참 잘 보고 있답니다. 소개하신 영화도 다 챙겨서 봤어요."

"고맙습니다."

"아이고, 내 정신 좀 봐. 이렇게 세워두고 뭘 하는 건지. 어서 안으로 들어오세요."

연옥이 부랴부랴 집 안으로 안내했다.

재건은 양손에 한우와 홍삼 세트를 들고서 거실로 올라가

섰다.

수희가 짐을 받아 주방으로 가져다놓는 사이, 2층과 이어진 계단을 통해 아버지 경욱이 내려왔다.

"여보, 우리 딸 남자 친구 왔어요."

"나도 알아. 나는 눈이 없나?"

시작부터 퉁명스럽게 내뱉는 경욱 앞에서 재건은 자기도 모르게 침을 꼴깍 삼켰다.

아버지가 다소 괴팍하다는 얘기는 수희를 통해 충분히 들었다. 나름대로 마음의 각오도 하고 왔지만 역시 긴장되는 건 어찌할 도리가 없었다.

"안녕하십니까, 아버님. 하재건이라고 합니다. 초대해 주셔서 무척 감사드립니다."

"난 이경욱이라는 사람이요."

마주 선 경욱이 손을 뻗어 악수를 청했다.

키가 작고 왜소했지만 얕볼 수 없는 분위기가 있는 사람이었다.

재건은 허리를 살짝 숙이며 정중히 손을 맞잡았다. 손바닥 사이로 세월의 굳은살이 선명하게 느껴졌다.

'수희 말이 과장이 아니었구나.'

한마디 인사와 악수를 나눈 것만으로도 재건은 알 것 같았다. 남대문에서 전당포로 시작해 자수성가했다는 경욱의 인생이 다부지고 투박한 손아귀 속에 모조리 담겨져 있는 듯했다.

"점심때는 지났고 허기지니 밥부터 먹읍시다."

"네, 아버님."

경욱이 주방으로 걸어가다 말고 굳은 표정으로 돌아보았다. 뭔가 잘못한 게 있나 하고 뜨끔해하는 재건에게 그가 던지듯이 말했다.

"아버님이라는 호칭 말인데 이상하게 간지럽군. 딸 하나에 어디 가서 들어본 일이 있어야지. 뭐 다른 거 없나?"

"아, 그럼…… 아버지라고 불러도 괜찮으시겠습니까?"

"그래, 거 좋네. 들어가지."

주방 테이블에는 연옥이 정성껏 차린 맛있는 음식이 가득했다.

부글부글 끓는 찌개가 마지막으로 올라왔고 네 사람의 식사가 시작되었다.

"하 작가님, 맛이 어떠세요? 입에 괜찮으세요?"

"정말 맛있습니다."

재건이 휘둥그레진 두 눈을 번득이며 놀란 듯이 대꾸했다.

"수희가 음식을 정말 잘한다고 생각했는데 전부 어머니의 영향이었다는 걸 이제야 알았습니다. 혀에 올라오기도 전에 음식이 녹는다는 그 묘사가 왜 나왔는지, 글쟁이로서 난생처음으로 실감했습니다."

"어머머, 누가 작가님 아니랄까 봐 말씀도 참……! 오호호, 이것도 좀 드셔보세요, 작가님."

연옥이 발을 구를 듯이 좋아하며 이것저것 반찬을 권해주었다.

재건은 주는 대로 진공청소기처럼 흡입하듯이 입안에 떠넣느라 여념이 없었다.

"좀 마르셔서 많이 못 드실 줄 알았는데 잘 드시네요, 작가님. 많이 드셔야 좋은 글도 나오지, 더 들어요."

"염치불구하고 열심히 먹고 있습니다. 그리고 말씀 편하게 하세요, 어머니."

재건의 청에 연옥은 난처한 듯이 얼굴을 붉혔다.

고개를 살짝 돌리고 웃는 그 얼굴이 수희와 꼭 닮았다.

나이가 들었어도 여전히 고운 얼굴은 젊은 시절의 미모를 짐작케 했다. 아마도 수희처럼 대단한 미인이었으리라.

"근데 자네……."

갑자기 경욱이 말을 꺼내다 말고 입을 다물었다.

아내와 딸의 눈치를 번갈아 살피고 난 그는 재건을 쳐다보며 말을 이었다.

"작가 선생은 우리 딸애와 진지하게 교제하고 있나?"

"아빠, 갑자기 무슨……."

"조용히 해봐, 인마. 어른 말씀하시는데."

경욱이 아들 대하듯이 수희에게 면박을 주고는 재건에게 시선을 되돌렸다.

재건은 수저를 테이블에 내려놓고 진지하게 고개를 끄덕였다.

"네, 허락해 주신다면 수희와 결혼하고 싶습니다."

"작가 선생…… 나보다도 얘기가 몇 수나 빠르군. 그럼 내가 이제 말을 좀 놓아도 되겠나?"

"그럼요, 아버지."

"그래, 마저 들게."

경욱이 손을 휘휘 내저으며 권했다. 그 후로 식사가 끝날 때까지는 더 이상 말이 없었다.

그의 입가에 희미하게 어린 만족스런 미소를 알아본 사람은 평생을 함께한 아내 연옥뿐이었다.

식사를 마치고 난 뒤.

재건과 경욱은 거실에 마주 앉아 장기를 두었다.

재건의 의견을 듣지도 않고 경욱이 판을 깔아서 시작된 시합이었다.

"나는 자수성가했다는 사람들 색안경 끼고 보는 버릇이 있네. 워낙 고생해서 돈 쓸 줄을 모르거든. 가족은 돌보지 않고 일만 하다 평생을 다 보내는 건 또 어떤가? 거기에 졸부 근성까지 더해지면 답이 안 나오는 삶이지."

"무슨 말씀이신지 알 것 같습니다."

재건이 말을 옮기며 대답했다.

주방에서는 연옥과 수희가 덜그럭덜그럭 소리를 내며 다과를 준비하는 중이었다.

"자네는 어떤가?"

좌측의 차를 적진으로 내보내면서 경욱이 물었다.

판을 내려다보며 수를 읽고 있던 재건이 황망히 고개를 들었다.

"네?"

"자네도 자수성가했다고 볼 수 있는 인생 아니야. 스스로가 어떤 사람이라고 생각하나?"

"아아…… 네."

재건이 헛기침을 하고는 생각에 잠겼다.

오래지 않아 상념에서 깨어난 그는 자신의 말 하나를 움직이며 대답했다.

"제게는 가족이 제일 소중합니다. 그리고……."

"그럼 됐네."

경욱이 더 들을 것도 없다는 표정으로 말을 잘랐다.

멍해진 재건 앞에서 졸 하나를 앞으로 내보내며 중얼거리듯 덧붙였을 뿐이다.

“가족 소중한 줄 알면 됐어. 더 말할 껀덕지도 없지.”

재건이 고개를 꾸벅 숙여 보이고는 다시 장기판의 수를 헤아렸다.

잠시 후, 자신의 말을 옮기며 그는 조심스레 입을 열었다.

“저기, 아버지.”

“더 말할 거 없다니까. 장기나 두게.”

“그게…… 장군입니다.”

“뭐……?!”

경욱이 두 눈을 치켜뜨고 장기판에 얼굴을 들이밀었다.

재건은 죄스럽게 뒷머리를 긁적이며 딴 곳을 쳐다보는 중이었다.

“이것 참, 이래서 장기 둘 땐 얘기를 하면 안 돼. 한 판 더 두지.”

경욱이 장기판을 거칠게 어그러뜨리며 패배를 인정했다.

즉각 2차전에 돌입하기 위해 판을 재정비하고 있는데 연옥과 수희가 다과 쟁반을 들고 나왔다.

“누가 이겼어? 너? 아님 아빠?”

재건이 대답 대신 사과 한쪽을 포크로 찍어 경욱에게 내밀었다.

경욱은 퉁명스런 눈빛으로 손을 내저으며 거절하고는 장

기판에 시선을 고정시켰다. 굳은 그의 표정을 읽은 수희가 소리 없이 웃었다.

"하재건 이제 큰일 났다."

수희가 재건의 귓가에 대고 짓궂게 속삭였다.

"보아하니 첫판 네가 이겼나 본데. 우리 아빠 승부욕 건드린 거 각오하고 있는 거지?"

재건이 사색이 되어 돌아보았다.

그 표정이 우스워서 연옥과 수희는 서로를 쳐다보며 웃음을 터뜨렸다.

이때까지만 해도 재건은 경욱과 열 판 가까이 장기를 두게 될 줄은 생각조차 하지 못했다.

BIG LIFE

"정말 운전할 수 있겠어?"

"운전도 못할 정도로 기진맥진한 건 아냐."

어느덧 가로등에 불이 켜진 깊은 밤이었다.

재건과 수희를 태운 차가 좁은 골목길을 천천히 벗어나고 있었다.

"고마워."

"뭐가?"

"우리 아빠 잘 챙겨줘서. 억지로 장기도 열 판이나 두고."

"아니야, 나도 간만에 두니까 재미있던데."

"것도 그렇지만 네가 전당포 얘기 이것저것 물어보니까 엄청 좋아하시더라. 언뜻 귀찮아하시는 것 같지만 그게 좋은 속내를 숨기시려다 보니 그런 표정이 나오는 거거든."

"그렇다면 다행이지. 난 괜히 불편하시게 한 것 같아서 좀 걱정했는데."

드르륵!

수희의 핸드폰이 몸을 떨었다. 연옥으로부터 날아든 메시지를 읽으면서 그녀는 또 싱긋 웃었다.

"엄마가 상견례 날짜 빨리 잡자셔. 너 엄청 마음에 든다 그러시네."

"뭐 오늘 해드린 것도 없는데……."

"왜 없어? 일단 기본이 잘났잖아. 오늘 엄마랑 아빠 앞에서 나 엄청 띄워주기도 했고. 우리 엄마 아빠 딸 하나만 보고 사시는 분들이거든."

"띄워준 게 아니라 사실을 말한 거야."

대로로 진입한 차의 속도를 높이며 재건이 덧붙였다.

"네 덕분에 내가 얼마나 힘을 얻는지 넌 몰라."

"그렇게 아부해도 특별히 나올 거 없거든요?"

"이제는 번역 문제 걱정도 씻은 듯이 사라졌고."

"번역 문제?"

"노벨문학상 받은 작가들은 작가와 작품을 깊이 있게 이해하고 도맡아서 번역해 주는 전담이 있었다더라. 가와바타 야스나리나 무라카미 하루키, 그리고 중국 리즈텅 선생님도 그랬고. 앞으로 평생토록 내 전담은 네가 맡아줄 거란 얘기지."

"내가 영어 잘 못했으면 안 만났겠네?"

"영어만이 아니라 일본어랑 독일어도 잘하잖아. 나는 최소 3개국 진출은 따 놓은 당상이지."

수희가 짐짓 토라진 척 콧등을 구겼다. 그 얼굴이 사랑스러워서 재건은 적신호 앞에 섰을 때 재빨리 입을 맞췄다.

"그건 그렇고…… 재건아."

"뭔데? 말해."

"오늘 오기 전에 하려던 얘기 있었잖아. 집에 돌아갈 때 해주겠다고 말한 그거, 뭐였어?"

재건의 얼굴에서 웃음기가 희미해져 갔다.

온종일 수희의 본가에서 행복한 시간을 보내느라 잊어버리고 있었다.

털어놓기에 앞서 재건은 마음을 가다듬었다. 가느다란 빗방울이 하나둘씩 차창 위로 떨어지기 시작했다.

젖어드는 풍경을 두 눈에 담고서 재건은 천천히 입술을 떼었다.

"네, 어머니. 7시까지 늦지 않게 가겠습니다."

전화를 끊은 명석은 의자 등받이에 몸을 길게 눕혔다.

전신이 물에 젖은 솜처럼 무거웠다. 손가락 하나 까딱하고 싶지 않을 지경이었다.

'미치겠군.'

벽시계의 시침은 어느새 5시를 가리키고 있었다.

이제 슬슬 자리에서 일어나 준비를 해야 할 텐데 그럴 수가 없었다. 마음이 온통 전화를 받지 않는 유진에게만 쏠려 있는 것이다.

드르륵!

명석이 반사적으로 상체를 펴고 핸드폰으로 손을 뻗었다. 유진이길 기대했던 그의 얼굴에 조금 실망감이 어렸다. 재건으로부터 걸려온 전화였다.

"네, 하 선생님. 어쩐 일이십니까?"

–안녕하세요, 편집장님. 혹시 통화 가능하십니까?

"물론입니다. 괜찮으니 말씀하세요."

–그럼 좀 뵙고 말씀드리고 싶은 게 있는데 오늘 저녁에 뵐 수 있을까요?

"아아…… 선생님, 죄송하지만 그건……."

명석은 곤혹스러워서 메마른 입술을 혀끝으로 핥으며 말을 이었다.

“죄송합니다만 오늘은 선약이 있어서요.”

—그러셨군요.

“중요한 일이시라면 제가 늦게라도 연락을…….”

—아니요, 그럼 지금 통화로 말씀드리겠습니다. 어쩐지 만나 뵙고 드려야 할 이야기 같아서 여쭤봤던 건데 어쩔 수 없지요.

“이해해 주셔서 고맙습니다. 말씀하시죠.”

—말씀드리기에 앞서 사과부터 드리겠습니다. 본의 아니게 편집장님께 오지랖을 부리게 된 점에 대해서요.

“네……?”

명석은 순간 어안이 벙벙해졌다.

업무와 관련된 이야기일 거라고 추측하고 있었다.

오래도록 편집자 대 작가의 관계로서만 지내온 재건이다. 대체 무슨 말을 하려고 이렇게 운을 뗀 것일까.

그로부터 약 5분 후.

명석은 튕기듯이 사무실을 빠져나갔다.

기사마저 보내고 홀로 차에 올라타서는 약속 장소와 전혀 다른 방향으로 액셀을 힘껏 밟았다.

진동하는 엔진보다도 더 심하게 날뛰는 그의 심장은 터져

버리기 일보 직전이었다.

도저히 믿어지지 않는 재건의 말이 그의 뇌리에서 휘몰아치고 있었다.

'빨리 가! 신호 바뀌었다고! 출발하라고!'

약간의 정차조차 견딜 수가 없었다.

명석은 경적을 울려대고 싶은 충동을 한사코 억누르며 숨을 몰아쉬었다.

따스한 히터 바람에 숨이 막혔다. 버튼을 눌러 네 군데의 창문을 한꺼번에 열어버렸다.

'유진아……! 이 답답한 유진아……!'

함께했던 그날 밤의 풍경이 눈앞을 아른거렸다. 동이 트도록 떨어지지 않고 꼭 붙어 있었다.

하지만 명석의 갈증은 여전히 채워지지 않았다.

해결책이야 당연히 알고 있다.

한 집에서 밥을 먹고 잠들면 된다. 눈을 떴을 때 가장 먼저 유진의 얼굴이 보이면 된다. 추억하지 말고 기억만 해야 한다. 영원히 그녀와 소중한 매일 매일의 일상을 기억하면서 살아가면 되는 것이다.

부우우웅!

명석은 더욱이 힘껏 액셀을 밟았다.

일말의 의구심조차 없는 완벽한 믿음이었다.

결심은 확고히 섰고 온건히 자신의 의지로 차를 달리고 있었다. 그날 밤의 일을 추억으로 색이 바래도록 방치할 수 없었다.

끼이이익!

주차장에 차를 세우자마자 호텔로 달려갔다.

예전과 같은 숙소를 사용한다는 재건의 말 덕분에 바로 찾아올 수 있었다.

도어맨을 지나 잰걸음을 옮기면서 명석은 핸드폰을 꺼내 들었다.

"……?!"

문을 통과한 명석이 홀 한가운데에서 우뚝 섰다. 체크아웃을 마치고 돌아서는 여자가 시야 한가운데에 놓여 있었다.

한없이 수척한 얼굴, 생기를 잃은 두 눈, 그리고 위태로운 걸음걸이까지.

자신이 알던 그 자신만만한 유진이 맞나 의심스러울 정도였다.

"아……."

몇 걸음 걸어오다 말고 유진도 멈춰 섰다.

반쯤 벌어진 입으로는 아무 말도 내뱉지 못했다.

수많은 사람이 오가는 호텔 로비 한복판에서 두 사람은 물끄러미 서로의 얼굴을 바라보았다.

먼저 움직인 쪽은 명석이었다.

한 걸음, 두 걸음.

너무 느리거나 빠르지도 않게 차분히 걸어갔다.

그의 구두가 바닥을 울릴 때마다 유진의 가슴도 점점 더 세차게 떨렸다.

"어디 가니?"

코앞까지 다가선 명석의 첫 질문이었다.

유진은 시선을 마주하지 못하고 고개를 숙였다.

"지금 어디 가는 거냐고?"

"업무 끝나서 뉴욕 돌아간다."

"장난해, 지금?"

명석이 유진의 양어깨를 덥석 잡았다.

흠칫 몸을 떨면서도 유진은 여전히 고개를 들지 않았다.

"나한테 할 얘기 없어?"

"무슨 얘기?"

"길게 얘기하지 말자. 다 알고 왔으니까."

"……하 선생님이 말씀하셨니?"

윤기가 흐르는 바닥에 조소를 머금은 유진의 얼굴이 비치고 있었다.

연이어 발끈한 명석의 얼굴도 함께.

"지금 그게 중요해? 왜 나한테 빨리 말 안 했어? 이렇게 중요한 일을 왜 나한테 진즉에 털어놓지 않았냐고!"

명석이 유진의 정수리에 대고 다그쳤다.

언성이 높아지자 주변 사람들도 하나둘 시선을 던지고 있었다.

"너무 확신하는 거 아냐?"

"뭐라고?"

"우리 나이가 몇이야? 나는 연애 안 하고 사니?"

유진이 느릿하게 고개를 들어 올렸다. 입가에 어려 있는 조소가 지나치게 노골적이어서 부자연스럽기만 했다. 억지로 부릅뜬 두 눈도 세차게 요동치고 있었다.

"나한테 너 말고 다른 남자는 없을 거라고 확신하는 거야?"

저열한 도발이 명석의 가슴을 아프게 헤집었다. 초조함과 두려움으로 얼룩진 유진을 한눈에 알아본 까닭이다.

그래서 두 눈이 젖어들었다. 발을 딛고 설 장소도 없이 홀로 고통스러워하고 있었을 그녀가 가엾어서 정신이 나갈 것만 같았다.

"확신한다."

떨리는 숨결을 조각조각 뱉어낸 끝에 명석이 입을 열었다.

"확신해서 너한테 미안하다."

"무슨 소리니, 그게?"

대답 대신 명석이 한 걸음 더 다가섰다. 곧이어 그의 두 팔이 예고도 없이 유진의 몸을 덥석 끌어안았다.

“호텔 한복판에서 지금 뭐하는 거야?”

“너에게 남자라고는 나밖에 없다는 걸 확신했으면서!”

명석의 외침이 홀을 쩌렁쩌렁 울렸다.

두 팔을 늘어뜨린 채로 그에게 안긴 유진은 머리에서부터 발끝까지 경직되어 있었다.

“다 확신했으면서…… 그 긴 시간을 혼자 있게 해서 미안하다는 얘기다. 이제 너만 생각하면서 살고 싶다.”

명석이 유진의 목덜미에 얼굴을 깊이 묻었다.

그녀의 목에 걸려 있던 목걸이의 익숙한 감촉이 코끝을 스쳤다. 대학 시절 유진의 생일날 처음으로 사 줬던 선물이었다.

“사랑한다, 채유진.”

한없이 굳어 있던 유진의 온몸에서 서서히 힘이 빠져나갔다. 실속 없는 모래로나마 힘겹게 쌓아올렸던 벽이 와르르 무너졌다. 천장의 화려한 샹들리에를 담은 두 눈은 빠르게 젖어들었다.

“무서웠어…….”

유진이 가까스로 한마디 내뱉고는 목울대를 울렸다.

뺨을 타고 흘러내린 눈물이 명석의 가슴께를 뜨겁게 적시고 있었다.

“너무 무서웠어. 차마 너한테 말을 꺼낼 수가 없었어. 네 상황을 뻔히 다 아니까 도저히 털어놓을 수가 없었어. 미안해, 명석아."

"사과하지 마, 내가 미안해."

"잘못했어……. 내가 다 잘못했어. 그런데, 그런데 정말 너무 무서웠어……! 어떡해야 할지 아무것도 알 수가 없었어. 으흐흐흑……!"

캐리어를 놓아버린 유진도 명석을 두 팔 가득 끌어안았다.

명석은 오열하는 그녀의 머리칼을 부드럽게 쓰다듬으면서 거듭 고개를 끄덕였다.

"뉴욕 가지 마라. 다시 체크인해."

"안 가, 뉴욕 안 가."

유진이 품 안에서 미친 듯이 고갯짓을 하며 더욱 깊이 안겨왔다.

"아빠 집으로 가려고 했었어. 거기가 병원도 가깝고, 우리 아빠 너무 보고 싶었어."

"잘 생각했어. 나하고 같이 가자. 내가 데려다줄게. 이제부터 내가 계속 같이 있을게."

"우리 그렇게 될 수 있을까……?"

"그렇게 될 수 있어. 잘될 거야, 아무 걱정하지 말고 나만 믿어. 잘될 거야, 전부 다 잘될 거야……."

노선은 완벽히 정해졌다.

오늘 이후로 더 이상 망설이고 헤맬 날은 없으리라.

주문처럼 같은 말을 반복하면서 명석은 더욱 힘차게 유진을 끌어안았다.

수없이 오가는 사람의 물결 속에서 두 사람만은 굳건히 그 자리를 지키고 있었다.

BIG LIFE

"임신을 했다고……?"

태진은 자신의 두 귀를 의심했다. 겉옷을 벗지도 못하고 멍청히 돌아선 그의 앞에 명석이 정자세로 서 있었다.

대명그룹과의 상견례를 마치고 돌아온 참이었다. 그럭저럭 분위기가 나쁘지 않았기에 태진도 만족스러운 기분이었다.

이 와중에 들은 장남의 말 한마디에 그의 편안한 마음은 산산조각이 나버렸다.

"유진이가…… 네 아이를 가졌단 말이냐?"

태진이 도저히 믿을 수가 없다는 표정으로 확인하듯 물었다.

명석은 차분한 표정으로 확실하게 고개를 끄덕여 보였다.

"그렇습니다."

"맙소사……!"

태진이 고개를 내저으며 중얼거렸다.

난관 폐쇄 판정을 받은 여자가 임신하는 일도 물론 있을 수 있다. 하지만 극히 희박한 확률이다.

그게 유진에게 일어나다니. 장남이 그토록 사랑하는 여자에게 그런 기적과도 같은 일이 일어나다니.

비틀거리다 못한 태진의 몸이 푹신한 소파 위로 무너져 내렸다.

명석은 가만히 서서 그의 이어질 말을 기다리는 중이었다. 서재 안에는 태진과 명석 두 사람뿐이었다.

"확신하는 거냐?"

한참 만에 태진이 던진 질문이었다.

명석은 씁쓸히 웃었다. 유진이 이 질문을 했을 땐 도발이 목적이었지만 아버지는 진심으로 의심스러워서 묻고 있는 것이다.

"확신합니다. 필요하시다면 친자 확인도 얼마든지 하겠습니다."

"친자 확인은 필요한 게 아니라 당연히! 반드시 해야 하는 거야!"

태진이 호통을 치면서 벌떡 일어섰다.

"만약 네 아이가 아니라면 어떡할 거냐!"

"아버지, 유진이가 어떤 여자인지 저는 너무 잘 알고……."
"시끄러운 소리하지 말아! 만약 네 아이가 아니라면 그땐 어떡할 생각이냔 말이야!"
"그렇다면 헤어져야겠지요."
명석이 또렷하게 대답했다. 태진을 지그시 바라보며 한마디 덧붙이는 것도 잊지 않았다.
"하지만 결코 그럴 리가 없습니다. 유진이가 어떤 여자인지 제가 압니다. 제 아이가 분명하기에 헤어질 일은 아마 평생토록 없을 겁니다."
"으으음……!"
노기만 가득한 태진의 한숨이 거칠었다.
등 뒤로 뻗은 한 손은 책상 위의 담배를 찾아 두서없이 헤매고 있었다.
명석이 다가가 담배를 건네자 태진은 거부했다.
자신의 손으로 직접 담배를 물고 불까지 붙였다. 하얀 연기를 몇 번이나 힘차게 토해낸 끝에 그는 내뱉듯이 말했다.
"자리를 만들어 봐라."
"……."
"내가 유진이를 직접 한번 만나서 얘기를 해봐야겠다."
"너무하십니다, 아버지."
명석이 슬픈 기색으로 웃으며 나직이 대꾸했다.

"자리를 만들어 보라니요. 왜 유진이를 집으로 데려오라고 말씀해 주시지 않는 겁니까?"

"오명석……!"

"아버지가 아직도 유진이를 어떻게 생각하시고 계시는지 알고 있습니다. 용납이 안 되시는 거겠죠. 그래서 자리를 만들 수가 없는 겁니다. 아버지가 무슨 말씀을 하실지 충분히 짐작하고 있기 때문입니다."

태진은 말문이 막혀 입술을 부르르 떨었다.

한 걸음 더 가까이 다가선 명석이 그의 목전에서 간곡하게 말을 잇고 있었다.

"아버지가 일궈놓으신 좋은 환경에서 태어나 누리고 싶은 것들 마음껏 누리면서 자라왔습니다. 그걸 알기에 한 번도 아버지를 거역한 적 없었습니다. 평생 아버지 말씀하신 대로 열심히 살아왔습니다."

"……!"

"부탁드립니다, 아버지. 정말로 사랑하는 여잡니다. 애초에 유진이를 반대하셨던 문제도 이제 해결됐습니다. 여자만큼은 제가 선택할 수 있도록 도와주세요. 대명그룹의 막내딸이 어떤 사람이든 간에 저에겐 채유진뿐입니다."

"안 돼! 절대 안 돼……! 더 듣기도 싫어!"

태진이 소리치며 두 팔을 내저었다. 논리적으로나 도의적으로나 반박할 길을 찾을 수가 없어서였다.

실상 오래전부터 유진이 못마땅했다.

유진이 똑똑하고 착하다는 건 인정하는 바였다. 생긴 것도 고와서 어디에 내놔도 돋보이는 축이었다.

하지만 그게 전부였다.

웅성그룹에 비하면 그야말로 별 볼 일 없는 집안에서 태어났고 고생도 많이 해본 평범한 여자에 지나지 않았다.

자라온 환경부터가 너무도 달랐기에 결혼하면 아들을 힘들게 만들 것이 분명했다. 이것이 줄곧 변함없는 태진의 믿음이었다.

유진이 불임이라는 사실을 알았을 때는 얼마나 반가워했었는지 모른다. 태진에게 있어서는 두 사람을 떼어놓을 절호의 기회이자 빌미였던 것이다.

"오늘은 더 얘기하고 싶지 않다. 일단 네 방으로 돌아가거라. 내일 다시 얘기하자."

"지금 나가봐야 합니다."

"나간다고……? 어딜?"

"유진이한테 금방 돌아가기로 약속했습니다. 혼자서 불안해하고 있습니다. 제가 곁에 있어줘야 합니다."

명석이 정중하게 허리를 굽혔다.

어이없어하며 멍하니 선 태진은 문을 나서려는 명석의 등에 대고 소리쳤다.

"지금 나가면 다시는 이 집에 발 못 들이밀 줄 알아!"

"……그래도 가야 합니다."

"정 그렇다면 네 것만 가지고 나가! 이 집에서 오직 네 힘으로 얻어낸 것만 가지고 나가!"

"이 집에서 제 힘으로 얻은 건 하나도 없습니다."

명석이 문고리를 잡고 멈춰 섰다.

쥐어짜 내는 듯한 목소리가 들릴 듯 말듯이 이어졌다.

"아버지께서 낳아주신 아들입니다. 제가 지금껏 벌어들인 것도 전부 아버지의 덕이었습니다. 그렇지만…… 지금 입고 있는 이 옷과 주머니에 든 지갑만은 좀 빌려주십시오."

명석은 돌아보지 않고 문지방을 넘었다.

등 뒤로 문이 닫혔고 그는 거침없이 복도를 가로질렀다.

'택시를 타야겠군.'

간단히 짐을 챙겨 집에서 나온 명석은 핸드폰을 꺼내 들었다.

바로 그때, 길가 저편에 서 있던 차가 헤드라이트 불빛을 밝혔다. 명석이 눈부신 얼굴을 손 위로 들었다.

"명훈아……?"

가만히 바라보니 명훈의 차였다.

운전석에 앉은 명훈이 창밖으로 손을 뻗어 까닥여 보이고 있었다.

명석은 그리로 잰걸음을 옮겼다.

"알아보고서 뭘 멍하니 서 있는 건데?"

"뭐하는 거냐, 지금?"

"빨리 타기나 해. 짐도 있고 택시 불편할 거야."

머뭇거리는 것도 잠시.

명석은 차 뒷문은 열고 몸을 실었다.

문이 닫히자마자 명훈은 액셀을 밟아 차를 출발시켰다.

"조금 다시 봤어, 형."

"시끄러워. 택시비는 얼마면 되냐?"

명석이 피식 웃었다.

대로 쪽으로 핸들을 꺾는 명훈의 입가에도 희미한 미소가 어렸다. 두 형제를 태운 차가 한산한 겨울밤을 거침없이 돌파하고 있었다.

101장
굳이 모험할 건 없겠지

“더 브레스 미국 진출이 코앞인데요. CF는 싫으시더라도 프로그램 하나쯤은 해보시는 게 좋지 않을까요?”

“권 대표님 생각은 역시 그러세요?”

“아무래도요. 저만이 아니라 웅성이나 넥션, 심지어 중국 틴센트 쪽에서도 반길 얘길 겁니다. 하 작가님 배려해서 말을 안 하는 거죠. 출연하면 마케팅이 저절로 될 텐데요. 기삿거리는 알아서 쏟아져 나올 거고요. 지금 하시는 영화를 보자 코너 하나로는 조금 부족한 감이 있죠.”

햇살이 스며드는 한낮.

재건은 자신의 집 거실에 태원과 마주 앉아 있었다.

태원이 제안한 후보 프로그램은 셋이었다.

나 혼자 살아.

하루세끼.

북유럽 문학기행.

"우선 하루세끼는 안 되겠어요."

재건이 커피 한 모금을 홀짝이고는 입을 열었다.

"아무래도 여러 사람과 하는 것보단 혼자인 쪽이 편해서요. 하게 되더라도 나 혼자 살아, 아니면 북유럽 문학기행 쪽으로 마음이 가는데요."

"그러실 거라고 생각했어요."

태원이 안경 너머 두 눈을 빛내며 대답을 기다렸다.

재건은 다시금 고개를 갸웃거리며 고민에 빠져들었다.

'북유럽 문학기행'의 진행자는 박혜상이다. 이제 데면데면하게 인사하며 지내고는 있지만 그래도 역시 마음에 걸렸다. 녹화 일정이 길게 잡히는 것도 부담스러웠다.

'그럼 남은 건 나 혼자 살아밖에 없는데…….'

드르륵!

핸드폰이 울리며 전화가 걸려왔다.

'현성범 기자'라는 이름을 확인하자마자 재건은 즉시 핸드폰을 집어 귓가로 가져갔다.

"네, 기자님."

-안녕하세요, 하 선생님! 저 공항에서 뵀던 주간경향 현

성범입니다! 보내주신 메일 정말 감사히 잘 받았습니다! 이렇게 금방 연락을 해주실 줄은 몰랐습니다!

젊은 기자의 목소리가 감격에 젖어 있었다. 어찌나 큰지 맞은편의 태원에게도 훤히 들릴 정도였다.

수희에 관한 이야기임을 아는 태원은 입가에 미소를 머금었다.

"그때 제가 말씀드렸잖아요. 약속 어겨본 적은 없습니다."

—솔직히 반신반의했는데 이렇게 연락을 주실 줄은 몰랐습니다. 특집으로 잘 써서 기사 내보내겠습니다. 결혼식 청첩장 저도 꼭 한 장 부탁드립니다.

"알겠습니다. 기사 잘 써주시면 제가 조만간 또 재미있는 얘기 하나 들려드리겠습니다."

—아이구, 감사합니다! 정말 감사합니다!

"그럼 현 기자님, 지금은 손님이 와 계셔서요. 일단 끊어야 할 것 같습니다."

—네네, 알겠습니다! 그럼 연락 기다리고 있겠습니다! 좋은 하루 되십시오, 선생님!

재건이 웃으며 전화를 끊었다.

때맞춰 다과를 준비한 수희가 주방에서 나오고 있었다.

순간 재건은 그녀가 좋아하는 프로그램이 무엇인지 떠올렸고, 연이어 후련하게 결정을 내릴 수 있었다.

"왜 그렇게 웃어? 무슨 좋은 얘기였어?"

수희가 두 눈을 깜박이며 물었다.

재건이 소파의 옆자리를 두드리며 앉으라는 신호를 보냈다. 수희가 쟁반을 내려놓고 앉자마자 그는 물었다.

"나 혼자 살아 나가도 괜찮겠지?"

"나갈 수 있겠어?"

"도준이 편에서 게스트로 들어간 적도 있었고. PD님 말씀으로는 별로 어려울 것 없다고 하던데."

재건이 태원의 눈치를 살짝 보고는 작은 목소리로 덧붙였다.

"네가 좋아하는 프로기도 하고."

"그런 건 생각하지 마. 네 마음이 가는대로 결정해야지."

마주친 두 사람의 눈빛이 농밀한 감정을 교환하고 있었다.

태원은 사과 한쪽을 입에 넣고 혼자 웃었다. 자신에게도 아내 동미와 격정적으로 연애했던 시절이 있었다. 이제 열기는 다소 식었을지언정 여전히 동미와 함께하는 인생이 행복했다.

갑자기 아내가 보고 싶어지면서 오늘 저녁엔 외식이라도 해야겠다고 마음먹는 태원이었다.

"권 대표님, 저 할게요."

"네?"

태원이 동미에 대한 생각을 멈추고 황망히 고개를 들었다.

"뭘 하신다고요?"

"나 혼자 살아요. 오 PD님한테 연락드려야겠어요."

"아, 네. 잘 결정하셨어요."

태원이 핸드폰에 메모를 마치고 겉옷을 집었다.

자리에서 엉덩이를 떼는 그를 따라 재건과 수희도 일어섰다.

"벌써 가시려고요?"

"오늘 들어가기 전에 MBS 예능국 들렀다 가려고요. 시간도 됐으니 슬슬 움직여야죠. 점심 맛있게 잘 얻어먹고 갑니다."

재건은 집에 수희를 두고 태원을 따라나섰다.

차고까지의 짧은 거리를 나무늘보처럼 느릿하게 걸으면서 두 사람은 남은 대화를 이어갔다.

"그러고 보니 권 대표님, 이제 곧 이사 가신다면서요?"

"네, 지금 사는 아파트가 좀 좁아서요. 다 큰 아이가 둘인데 화장실도 하나라서 아침저녁으로 전쟁이었어요. 이제 화장실 두 개는 있는 집으로 옮기려고요. 집들이 꼭 와주세요."

"당연하죠. 근데 멀리 가시는 거 아니죠? 너무 멀리 가시면 대표님하고 술 한잔하고 싶어질 때마다 저 미쳐 버릴 겁니다."

"구로구 안 벗어날 거니까 염려하지 마세요."

태원이 리모컨을 꺼내 버튼을 눌렀다. 헤드라이트가 깜박이면서 문이 열렸다. 운전석을 열기에 앞서 그는 재건을 돌아보았다.

"제 인생 가장 큰 축복은 하 작가님입니다."

"또 무슨 말씀을 하시려고요."

"요즘 제 이글아이에 매일 아침 스스로 감사합니다. 하 작가님을 발굴한 건 제 인생 최대의 쾌거였어요."

"……권 대표님 덕분에 견뎠습니다. 정말 힘들던 시절이었어요."

"저도 그랬었죠."

감회에 젖은 태원의 시선은 재건의 어깨 너머로 화려히 선 저택을 훑어보는 중이었다.

"스타북스가 제 인생의 전부인 줄 알았습니다. 이곳을 그만두면 우리 가족은 어쩌나, 내 감언이설에 따라오신 작가님들은 앞으로 누가 챙겨주나…… 걱정이 산더미였어요. 저도 정말 눈앞이 캄캄해서 뭐 하나 보이지 않던 시절이었습니다."

숙연해진 분위기 속에서 두 사람은 잠시 말이 없었다.

지나간 고난의 무수한 단면이 그들 사이를 관통하고 있었다.

"이제 다 옛날 얘기죠!"

태원이 일시에 환히 웃으며 주위를 환기시켰다.

"그 시절이 있었기에 오늘의 래프북스가 있는 거고요. 고맙습니다, 하 작가님."

"저도 고맙습니다. 그때부터 지금까지 줄곧 제 편집장님으로 남아주셔서요."

두 사람은 새삼스레 손을 맞잡고 악수를 나눴다. 묵직한 감정이 서로의 손에서부터 팔을 타고 심장까지 전해져 왔다.

"그럼 들어가 보겠습니다. 이따 전화드릴게요."

"네, 조심해서 가세요."

태원을 태운 차가 멀어지고 재건은 돌아섰다.

집으로 들어서니 수희가 진공청소기를 꺼내 들고 있었다.

"무슨 청소를 또 하려고?"

"적어도 사흘에 한 번은 밀어줘야지."

"무슨 사흘에 한 번이야. 넌 너무 깨끗해. 청소기는 한 달에 한 번 돌려도 충분한 거야."

수희가 어이없어하며 입을 떡하니 벌렸다.

"더러워라. 지금 그걸 말이라고 해? 이상한 소리 말구 나 청소하는 동안 사무실에나 다녀오시죠, 작가님?"

"사무실은 왜?"

"말했잖아. 리카랑 눈솔 데려와야지."

"아…… 그래."

"강 작가님이랑 장 작가님도 조만간 전셋집 구해서 나가신다며? 나도 이제 한국 왔으니까 우리가 제대로 돌봐줘야지."

"그래, 말 나온 김에 지금 다녀와야겠다."

겉옷을 챙기면서 재건은 씁쓸히 웃었다. 리카와 눈솔이 끔

찍하게 좋아하는 소미가 사무실에 없기를 속으로 바라면서.

바깥으로 나온 세상은 어느새 진눈깨비가 흩뿌려지고 있었다.

BIG LIFE

"안녕하세요, 백성현이라고 합니다. 나이는 24살이고 현대 판타지를 문피앙에서 연재하고 있습니다. 잘 부탁드립니다."

"한재희라고 합니다. 나이는 22살이에요. 어반 판타지를 쓰고 있어요. 반갑습니다."

"저는 황보혁이라고 하구요. 황보 씨가 아니라 황 씨에 이름이 보혁이에요. 아직 습작하는 중인데 한재희 작가님이랑 동갑이구요. 잘 부탁드립니다."

일렬로 앉은 3명의 입주자가 차례대로 자기소개를 마쳤다.

현경은 그들 앞에 훈련병을 맞이한 조교처럼 우뚝 서 있었다. 부리부리한 시선은 마지막 4명째 여성 입주자에게로 옮겨가는 중이었다.

"저, 저는……."

여자가 더듬더듬 입술을 뗐다.

작고 귀여운 용모에 긴장감이 역력한 표정이었다.

목울대는 쉴 새 없이 울렸고 양 무릎 위로 포갠 두 손은 사시나무처럼 떨어대고 있었다.

"저는…… 죄송한데 필명으로 소개하면……."

"죄송한데 잘 못 들었어요. 조금 크게 말씀해 주시겠어요?"

"아니, 아니에요……. 저는…… 25살이구요……. 로맨스를 쓰고 있구요……. 이름은……."

여자가 다시금 시선을 내리깔았다. 뒤이어 두 눈을 꾹 감은 채 힘겹게 말을 잇는 것이었다.

"이름은…… 전…… 봉이라구…… 해요. 전이 성이고 이름이 봉이요. 외자 아니고 끝에 이도 이름이에요. 잘 부탁드려요."

"어머, 이름 귀엽고 예쁘시네."

현경의 뒤쪽에서 작업하던 은영이 웃는 얼굴로 말했다.

봉이는 홍당무처럼 새빨개진 양 뺨에 두 손을 얹고 있었다.

"이름이 창피해서 어디 가서 자기소개 할 때가 제일 힘들어요. 학교 다닐 때도 새 학기마다 죽을 것 같았어요."

"뭐가 창피해요? 봉이 씨 얼굴도 귀여우시고 이름이랑 너무 잘 어울린다. 앞으로 잘 지내봐요."

봉이가 수줍게 웃으며 고개를 끄덕였다.

은영은 윙크를 해 보이고는 자기 모니터로 얼굴을 되돌렸다.

입주자 4명을 대상으로 한 현경의 안내가 본격적으로 시작되었다.

"아까 말씀드렸다시피 저는 양현경이라고 합니다. 이 사무실 창립 멤버라고도 볼 수 있고요. 아시는 분이 계실지 모르겠지만 슬래터라는 졸작으로 데뷔했습니다."

현경이 말을 하다 말고 창밖을 돌아보며 헛기침을 했다.

이제 곧 사무실을 나가야 하는 민호의 부탁으로 마지못해 규율 반장을 맡았다. 성격에 어울리지 않는 일이라 진땀이 날 지경이었다.

"단체 생활에서 가장 중요한 건 서로를 향한 배려입니다. 개인 공간이 아니니까 청소나 식사 준비 같은 것도 철저히 분담해야 하고요. 뭐, 이런 건 제가 다들 메일로도 말씀드렸죠?"

"……네."

입주자 중 한 사람인 성현이 서로 눈치만 보는 동기들을 대표해 나직이 대답했다.

현경은 제 턱 밑을 긁으며 말을 계속했다.

"우선 한 달간은 그냥 지내봅니다. 이번에 만든 규칙인데요. 한 달이 지난 후에 작가들 중 단 한 명이라도 반대하면 그 작가님은 나가셔야 합니다. 아무도 반대가 없으면 그때부터는 계속 여기서 즐겁게 지내시는 겁니다."

설명하는 현경의 발치에는 내내 눈솔이 웅크리고 앉아 있었다.

마치 자기가 면접관이라도 된다는 듯이 빛나는 두 눈으로 입주자들을 살피고 있는 것이었다. 그 모습이 너무 귀여워서 봉이는 손을 뻗고 싶은 충동을 한사코 참는 중이었다.

바로 그때, 비밀번호 입력하는 소리가 현관에서 울렸다.

문이 완전히 열리기도 전에 눈솔은 물론이고 창틀에 앉아 있던 리카까지 그리로 몸을 날렸다.

“어? 재건이 형 어쩐 일이세요?”

놀란 현경이 반색하고 말을 건넸다.

재건이라는 이름에 4명의 입주자도 기겁해서 현관으로 시선을 던졌다.

“간만에 상황 좀 살필 겸 왔지. 별일 없었지?”

재건이 리카와 눈솔을 양팔로 가슴에 안아 들면서 대꾸했다.

입주자들은 혹한에 내던져진 사람들처럼 벌벌 떨고만 있었다.

신인 작가인 그들 입장에서는 모를 수가 없는 존재였다. 이곳이 하재건 작가의 사무실이라는 사실을 뻔히 알고 왔으면서도 첫 대면의 여파는 강렬했다.

“새로 들어오신 작가님들이신가 봐요?”

재건이 부드러운 어조로 물었다.

일렬로 앉아 있던 4명의 입주자가 앞다투어 일어섰다.

“아, 아, 아, 안녕하세요. 저 황보혁이라구 합니다.”

“저는 백성현인데요. 하재건 작가님, 아니, 죄송합니다. 선배님 작품 읽고 입문했습니다.”

"아, 너무 영광입니다. 아니, 그전에 제 이름은 한재희구요. 네, 저는 한재희입니다."

입주자들은 흥분을 감추지 못했다.

그나마 유일한 여성 입주자 봉이가 감정을 주체하고 차분히 서 있었다.

여전히 이름은 창피해서 입은 열리지 않았지만. 다행스럽게도 재건은 이 자리에서 그녀에게 이름을 묻지 않았다.

"저는 하재건입니다. 가끔 여기 와서 며칠씩 보내면서 쓰기도 하고 그러니까 앞으로 잘 지내봐요."

재건은 한 사람, 한 사람 악수를 나누고 돌아섰다.

은영이 주방 쪽을 손짓으로 가리키며 '커피?'라고 입모양으로 묻고 있었다.

재건은 입주자 교육을 재개한 현경을 뒤로하고 은영을 따라 주방으로 갔다.

"다른 분들은 안 보이시네요."

"이 감독님이야 스무 살의 여름 드라마 때문에 거의 못 들어오는 거 아실 테고. 민호 형은 전에 본 집이 끝내 맘에 안 든다면서 매물 또 보러 나갔어요."

"신혼집인데 그럼 매의 눈으로 제대로 골라야죠."

"건 그래요. 하 작가님 덕분이에요. 선택의 폭이 엄청 넓어져서 그거대로 또 고민이에요."

은영이 웃으며 커피 한 잔을 타주었다. 그녀와 마주 앉아 머그컵을 잡으면서 재건이 질문을 이었다.

"소미 씨랑 연우는……?"

"소미 씨 최근 사무실 출근 뜸해졌어요. 래프북스 쪽에서 일할 게 늘었다나?"

"그런가요."

"그리고 연우는 좀 이상해졌어요."

"연우가 왜요?"

재건이 두 눈을 가늘게 떴다.

이 사무실에서 가장 마음이 많이 쓰이는 작가라면 단연코 연우였다. 언제나 활기차고 굳센 모습 속에 감춰진 여린 마음을 누구보다도 잘 알고 있으니까.

"일단 멍해요. 글은 규칙적으로 쓰고 딴 짓 하는 것도 아닌데. 그렇게 농담 좋아하던 애가 농담을 전혀 안 하게 됐어요. 이상하지 않아요?"

"그건 확실히 이상한데요. 제가 요즘 이래저래 일이 바빴는데 그사이에 무슨 일이라도 생겼나?"

"그리고 요즘…… 어딜 자주 가더라고요. 자기 말로는 바람 쐬러 간다고 하는데 매일 저녁이면 나갔다 들어와요. 가끔은 외박하고 다음 날 아침에 들어오기도 하고요."

"으음…… 네."

재건은 뜨거운 커피 한 모금을 입에 머금고서 고개를 끄덕였다.

말없이 커피를 마시는 사이, 입주자 교육을 끝마친 현경이 등 뒤로 다가와 섰다.

"재건이 형, 오늘 회식하실 건가요?"

"회식?"

"신입생들 들어왔잖아요. 형 안 오시면 거르려고 했는데 오셨으니까 여쭤보는 거예요."

"그럴까? 마침 휴일이기도 하고."

수희를 생각하면서 재건이 중얼거렸다.

작가에게는 특별히 휴일이랄 게 없지만 수희는 직장인이다. 회식하는 동안 집에서 청소기를 돌리도록 놔둘 수는 없었다.

"장 작가님 생각은 어떠세요?"

"제가 회식 마다하는 거 보셨어요? 당연히 콜이죠."

"그럼 연우도 와야 할 테니 전화 좀 하고 올게요."

복도로 나온 재건은 우선 수희에게 전화를 걸었다. 회식을 하게 되었으니 사무실로 오라는 말을 전한 다음 곧이어 연우의 번호를 눌렀다.

'왜 이렇게 안 받지.'

한 번에 이어 두 번을 걸어도 연우는 받지 않았다.

고개를 갸웃거리면서 메시지를 보내려는 찰나, 연우가 한 발 먼저 메시지를 보내왔다.

-재건이 형, 죄송한데 저 지금 수원 집이거든요. 전화를 받을 수가 없는 상황인데 제가 나중에 전화드릴게요.

-알았어, 오늘 사무실 새로 작가님들 오셔서 회식할 건데 올 수 있지?

-잘 모르겠어요, 형. 집안일이 좀 있어서요. 상황 보고 최대한 빨리 말씀드릴게요. 정말 죄송해요.

-죄송할 게 뭐 있어. 알았어, 일 보고 나중에 얘기하자.

핸드폰을 주머니에 넣는 재건의 마음은 무거웠다.
연우에게 뭔가 일이 생겼음을 직감하는 순간이었다.
불길한 암시를 떨쳐 내듯 그는 고개를 양옆으로 내저었다.

그날 저녁.
연우는 끝내 회식에 오지 않았다.

BIG LIFE

"아이고, 정말 감사합니다. 네네, 권 대표님. 역시 제가 그렇게 간곡히 청해도 안 되던 일이 권 대표님께서 설득하시니까 한 번에 수락하셨나 봅니다. 하하하, 네네. 그럼 그렇게 알고 있겠습니다. 네, 내일 뵙지요. 하하하. 그럼 저녁 맛있게 드시고요."

오 PD는 싱글벙글한 얼굴로 전화를 끊었다.

지금의 통화로 자신이 맡은 프로그램 '나 혼자 살아'에 재건의 출연이 확정되었다.

구두 약속만으로도 충분히 신뢰할 수 있는 상대였다.

"하재건 선생님 나오신대요?"

맞은편에 앉아 있던 지 AD가 기다렸다는 듯이 물었다.

오 PD는 빠르게 고개를 끄덕이면서 일어섰다. 벌써부터 입에는 담배를 꺼내 물고 있었다.

"타이밍 정말 좋지. 나 이걸로 배 CP한테 생색도 낼 수 있게 됐어. 스무 살의 여름 드라마도 방영 얼마 안 남았잖나."

휴게실로 잰걸음을 옮기며 오 PD가 말을 이었다.

"이제는 게스트가 문젠데……."

"한두 번이야 하 선생님 집이랑 사무실 같은 거 보여주고 그러더라도 확실히 게스트는 있어야죠."

"가족분들이야 어렵지 않게 섭외할 수 있겠지만, 역시 시청률 끌어내려면 인지도 있는 게스트도 필요하니까."

"하 선생님 인맥으로 떠오르는 사람이 박도준 씨 말고는 없는데요. 아, EBS 박혜상 아나운서는 어때요?"

지 AD가 손가락을 튕기며 제안했다.

오 PD는 즉시 얼굴을 찌푸리고 고개를 가로저었다.

"박혜상은 안 돼."

"네? 왜요? 두 사람 프로그램도 여러 번 했고 개인적인 친분도 좀 있는 것 같던데요."

"아무튼 안 된다면 안 돼. 이건 차차 생각해 보기로 하지. 일단 박도준은 무조건 섭외 1순위고……."

두 사람은 하나로 모자란 담배를 두 개비째 꺼내 물고는 생각에 잠겼다.

얼마 못가 지 AD가 또 한 번 의견을 냈다.

"아, PD님. 애플티 이채린은요?"

"이채린? 아, 그래. 그쪽도 연이 있었지?"

"네, 겨자 목욕탕 OST도 불렀고. 백송예술대상에서도 둘이 꽤 친하게 대화하던데요? 그리고 이채린 문학소녀잖아요. 실제로 국문과고. 모양새 딱 나오죠."

"그래, 좋았어. 재밌는 장면 좀 나오겠군. 이따 전화 한 통 넣어봐."

해야 할 일이 떠오르자 마음이 급해지는 오 PD였다.

빠르게 두 번째 담배를 다 피우고 비벼 끄는 그의 앞에서 지 AD가 말을 이었다.

“근데 PD님, 지금 생각났는데 다섯 바퀴 있잖아요.”

“다섯 바퀴는 갑자기 왜?”

“다섯 바퀴도 오 PD님 전담이라는 거 하 선생님도 아시겠죠?”

“아마 아시겠지. 전에도 얘기했었거든.”

‘다섯 바퀴’는 오 PD가 맡은 또 하나의 예능 프로그램이다. 여러 출연자를 초빙해서 벌이는 토크쇼로 오래도록 인기를 유지하고 있는 프로그램이었다.

“제가 너무 걱정이 과한 건가 싶긴 한데…….”

“아, 뜸들이지 말고 말해봐. 뭔데?”

“채보라요. 이번 특집에 게스트로 나오기로 얘기 됐잖아요.”

“어, 채보라 나오기로 했는데 그게 왜…….”

반문하다 말고 오 PD가 입을 다물었다. 지 AD가 왜 이런 말을 꺼냈는지 이유를 알아차린 까닭이다.

“설마, 하 선생님이 그런 걸로 정말 딴지를 거실까?”

“사람 속이야 알 수 없죠. 내색은 안 하시더라도 속에 앙금을 품으실 수도 있는 거고요. 하 선생님 외모는 항상 차분해 보이지만 그 눈 가까이서 보셨어요? 매사에 흔들림이 없어요. 그건 지옥을 보고 온 사람만이 가질 수 있는 눈빛이었어요.”

오 PD가 혀를 끌끌 차며 나무랐다.

“뭔 또 지옥을 보고 온 사람의 눈이야? 하여간 자네 만화를 너무 많이 봐서 그 과장하는 게 문제야."

"아니, 저는 그냥 좀 묘사를 잘하려다 보니……."

지 AD가 머쓱해져 뒤통수를 긁적였다.

다시 심각해진 표정의 오 PD는 팔짱을 꿰고 한참을 생각한 끝에 중얼거리듯 답했다.

"그래, 그래도 굳이 모험할 건 없겠지."

"네, 저도 그렇게 생각해요."

"알았어, 지 AD가 잘 둘러대 봐. 콘셉트나 주제가 좀 안 맞을 것 같다고."

"알겠습니다."

복도 끝자락에서 두 사람은 각자의 방향으로 헤어졌다.

벌써부터 핸드폰을 꺼내 든 지 AD는 보라의 매니저에게 전화를 걸고 있었다.

[주간경향 단독! 하재건의 그녀 정체 밝혀져!]

[하재건의 여자 알고 보니 엄친딸? 국내 굴지 유명 게임 회사 팀장으로 재직 중인 커리어우먼]

[과거 하재건 사인회에서 화제가 되었던 '원피스녀' 사진 재조명, 눈부신 미모에 SNS 폭발적인 반응]

[하재건 작가 단독 전화 인터뷰, '대학 시절부터 싹틔운 사랑 이제 곧 결혼으로 결실 맺을 것']

오늘따라 보라는 유독 심기가 불편했다.

계속되는 근신으로 처박혀 있는 오피스텔이 숨통이 막히도록 답답했다. 심지어 기분을 전환하려고 접속한 인터넷은 온통 재건에 대한 얘기뿐이었다.

'그깟 같잖은 남들 연애에 무슨 관심들이 이렇게 많은데?'

재건은 작가고 자신은 연예인이다.

위치와 입장이 전혀 다르지만 보라 나름대로 화가 날 근거는 있었다.

'다섯 바퀴' 출연 건으로 간만에 실시간 검색어에 올랐는데 재건의 뉴스가 뜨자마자 한순간에 파묻혀 버리고 만 것이다.

'다들 하재건! 하재건! 핸드폰 부숴 버리고 싶네, 진짜.'

하필 상대가 재건이기 때문일까.

보라의 증오와 분노는 여느 때보다 강렬했다.

과거 자신이 저지른 잘못은 전혀 중요한 요소가 아니었다. 그건 이미 끝난 일이니까.

그저 지금 이 순간, 재건이란 존재가 창창한 미래를 가로막는 장애물처럼 여겨져서 울화가 치밀 뿐이었다.

'짜증 나, 진짜!'

보라가 핸드폰을 소파 끝머리로 내던지고 TV를 틀었다.

채널은 간밤에 본 케이블 TV의 연예 전문 방송으로 맞춰져 있었다. 여성 진행자와 한 기자가 대화하는 생방송 영상을 보면서 보라는 볼륨을 높였다.

[……대학 시절부터 좋아했던 사람이라니. 비록 결실은 한참 후에 맺었지만 참 아름답다는 생각이 드네요. 현성범 기자님은 어떻게 이 정보를 얻으셨나요?]

[사실 이게 말입니다. 얘기가 재미있는데 제가 공항에 다른 일로 취재를 나갔다가 우연히 하재건 작가님을 만났습니다. 당연히 기자로서 그냥 지나칠 수 없었죠. 그래서 불문곡직 다가가서 최근 화제가 됐던 그 사진에 대해 여쭤봤던 거죠.]

보라의 얼굴이 흙탕물 한 사발을 마신 것처럼 일그러졌다.

가만히 보고 있으려니 또 재건에 관한 얘기였던 것이다. 얼굴에 붙인 팩은 주름에 밀려 떨어져 나가고 있었다.

[그렇군요. 그래서 하재건 작가님이 그 자리에서 이토록 자세하게 사연을 말해주시던가요?]

[그건 아니구요. 당시 하 작가님이 사실 몹시 바쁜 기색이었습니다. 저한테도 그렇게 말씀하시더라고요. 일단 이대로 돌아가시면 자기가 연락을 주겠다, 그리고 자세하게 말해줄 테니 일단 여기서는 보내 달라 뭐 그렇게…….]

[그래서, 현 기자님은 그 자리에서 일단 돌아오시고 단독

으로 연락을 받으신 건가요?]

[네, 정말 그 후로 며칠 안 가서 금세 제 번호로 전화를 주셨습니다. 이런저런 질문에도 자세히 답변해 주셨고요. 그때 하 작가님의 한마디가 참 인상 깊게 남았습니다. 오늘까지 살면서 약속을 어겨본 적은 없다고 하시더라구요.]

팟!

그때 소음과 함께 TV가 꺼졌다.

내던져진 리모컨은 융단이 깔린 거실 바닥 위를 나뒹굴고 있었다.

보라는 얼굴에서 팩을 거칠게 떼어내며 일어섰다.

"아직 멀었어?!"

"이, 이제 거의 다 됐어!"

"샐러드 하나 만드는 데 뭐가 이렇게 오래 걸리는데?!"

"미안해, 양배추 손질해 둔 게 떨어진 걸 깜박했어. 이제 몇 분 안 걸리니까 좀만 더 기다려 줘."

주방 쪽에서 고개를 내민 유나가 몹시 미안한 표정으로 연신 대꾸했다.

보라는 조금 누그러진 얼굴로 도로 소파에 앉았다. 화풀이를 하고 나니 얼마간 속이 풀렸다.

'뭐 됐어. 일희일비하는 인생도 아니고. 이렇게 많은 사람

이 내 편인걸.'

여전히 수많은 팬이 SNS를 통해 보라에게 격려를 보내오는 중이었다. 하나같이 충격을 받은 보라가 대외 활동을 대폭 줄이고 휴식하는 줄로만 알고 있었다.

줄을 잇는 긍정적인 멘션을 보며 보라는 싱긋 웃었다.

'이건 내가 이긴 거야. 그리고 이긴 사람에겐 잘못이 없지.'

각종 언론과 영상 매체를 통해 출중한 연기로 대중을 속였다.

다행히 세상은 보라의 편을 들어줬다. 지연을 배후 조종해서 재건의 원고를 삭제한 일은 증거 하나 없이 흐지부지해졌다.

'멍청하고 건방진 년 같으니라고. 버러지만도 못한 년이 주제도 모르고 누구한테 대들어?'

모든 죄를 뒤집어쓴 지연은 지금쯤 어마어마한 합의금 앞에서 벌벌 떨고 있으리라.

그 광경을 상상하자 또 한차례 오금이 저릴 정도로 기분이 짜릿해지는 보라였다.

"보라야, 이제 다 됐어. 와서 먹어."

"어."

주방 테이블에 샐러드 한 접시와 음료가 준비되어 있었다.

유나가 빼준 의자에 몸을 앉힌 보라가 포크를 들었다. 샐러드를 한입 먹는 와중에 테이블 끝에 놓인 핸드폰이 보였다.

"언니, 핸드폰 새로 샀네?"

"아, 응. 전에 쓰던 거 약정 기간 끝나서 바꿨어."

보라가 동의도 없이 핸드폰을 덥석 집었다. 버튼을 누르자마자 화면 가득 문장이 빼곡하게 차올랐다.

"뭐야, 이거? 소설?"

"아, 응. 그냥 심심할 때마다……."

"무슨 소설인데?"

"그냥 일반 소설. 로맨스 성향 좀 있는 거야."

유나가 얼버무리듯 대꾸했다.

독서는 그녀가 좋아하는 취미 중 하나였다. 최근에는 서점에 들를 여유가 없어서 핸드폰으로 전자책을 구입해 이용하곤 했다.

"아이돌 가수 지망생이 무슨 독서? 안 어울리게."

"그런가……? 난 별생각이 없어서."

"하여간 난 소설 같은 거 머리 빠개져서 못 보겠더라. 볼 거면 웹툰이나 보지 왜 이런 걸 보면서 자길 고문해? 좀 남달라 보이고 싶어서? 이런 걸로 튀고 싶어? 그 애플티 이채린처럼?"

"아니야, 그냥 생각 없이 보는 거야. 너무 할 게 없어서."

유나가 어색한 웃음을 빼물고 대답했다.

보라의 기분을 틀어지게 만들 만한 말은 일절 하지 않는 편이 나았다.

"쇼케이스도 미뤄졌다면서? 이런 거나 들여다보면서 낭비할 시간 있으면 안무 연습을 더 해야지. 안 그래?"

"네 말이 맞아……."

대답은 그렇게 하면서도 오장육부가 다 뜨거워지는 유나였다.

정말 되도 않는 헛소리였다.

피곤한 사람 시시때때로 불러다 가정부처럼 부려먹는 주제에.

드르륵!

"오빠가 부다. 나 폰 좀 갖다 줘."

"응."

유나가 말 잘 듣는 강아지처럼 거실로 달려가 핸드폰을 가져왔다.

건네받은 보라는 샐러드를 우물거리며 전화를 받았다.

"어."

−보라야, 지금 집이야?

"집이지, 그럼. 처박혀 근신하란 사람이 누군데?"

−보라야. 미안한데, 아씨. 조금 안 좋은 소식이다.

매니저의 목소리가 심상치 않았다.

아직까지는 태평하기만 한 보라가 음료수를 한 모금 마시더니 되물었다.

"안 좋은 소식? 지연이 그년이 맞소송 하기라도 한대? 아니면 뭐, 하재건 얘기야?"

–그런 거 아니야, 보라야. 미리 부탁하는데 내 말 듣고 제발 폭발하지 마라. 내가 원래 가서 얘기해야 하는데 지금 상황이…….

비로소 얼마간 사태의 심각성을 파악한 보라가 포크를 내려놓았다.

버럭 소리를 지르며 재촉하려는 찰나, 전파 저편에서 매니저의 말이 이어졌다.

–다섯 바퀴 출연 나가리 됐다, 보라야…….

"뭐……?!"

보라의 안색이 삽시간에 새하얘졌다.

학수고대하던 예능 복귀인데 무산되다니?

바위가 떨어지듯 묵직한 굉음이 쿵 하고 양쪽 귀를 울리는 것 같았다.

"그게 무슨 소리야……? 내가 왜?"

–이번 특집하고 주제가 안 맞는다는데……. 그건 표면적으로 들이대는 이유고. 다른 문제가 있지 않나 싶다.

매니저는 거기까지만 말하고 입을 다물었다.

언급한 '다른 문제'에 대해서는 당연히 보라도 인지하고 있을 테니까. 세상을 다 속였어도 본인은 모를 수가 없는 진실이니까.

"억지야……!"

보라의 숨결이 거칠어지기 시작했다.

테이블 모서리를 부서져라 쥔 손에는 핏발이 가득 섰다.

"억지라고……! 이게 말이 돼……? 지가 뭔데? 지가 뭔데 날 이렇게 방해해?"

–하재건이 손썼다고 보긴 힘들다. 그럴 사람 아니야.

"지금 그 인간 편드는 거야?!"

–잘한 거 없으면서 목소리 높이지 마. 있는 그대로 말하는 것뿐이잖아.

"오빠, 지금 나한테 뭐라 그러는 거야……?"

–겪어보고도 모르겠냐는 소리다. 하재건이 뭔가 수를 쓸 생각이었다면 진즉에 나섰어. 이제 와서 겨우 단발성 예능 하나 못 나가게 수작을 부린다고? 앞뒤가 맞아?

말끝으로 매니저가 긴 한숨을 내뱉았다.

부들부들.

떨고만 있는 보라에게 그는 말을 이었다.

–지정환 AD 어렵게 직접 만나서 얘기 들었다. 제 입으로 털어놓은 건 아닌데 표정 보니 알겠더라. 방송사 쪽에서 몸

사리는 거 백 퍼 맞다.

"……!"

보라는 어금니가 부서지도록 이를 꽉 악물었다.

매니저의 말은 그녀에게 한 가지 진실을 은연중에 일러주고 있었다.

"오 PD는 나보다 하재건의 가치를 더 높이 평가하는 거야?"

–보라야…….

"그런 거야? 그러니까 그 인간 눈치 보고 신경 쓰느라 나 몰아내는 거지? 기가 막혀……! 내가 여기까지 올라오려고 얼마나 생지랄을 하면서 살아왔는데!"

–진정하고 내말 좀…….

"진정하게 됐어, 지금?! 이게 말이 되냐고! 오빠는 대체 뭐 했어?! 내가 얼마나 힘든지 뻔히 알면서 이 지경이 되도록 두 손 놓고 보기만 했냔 말야!"

보라가 고함을 내지르는 동시에 샐러드 접시를 거칠게 내쳤다.

와장창!

바닥에 떨어진 접시가 깨지면서 샐러드와 파편이 사방으로 튀었다. 이미 사색이 되어 있던 유나가 기겁하고 뒤로 물러섰다.

"하여간 매니저라고 돈이나 갈취하지 하는 일이라곤 쥐뿔도 없어! 아, 짜증 나. 역겨워, 끊어!"

뚝!

일방적으로 전화를 끊어버린 보라가 핸드폰을 아무렇게나 내던졌다.

하필이면 그곳에 서 있던 유나의 이마에 정통으로 맞았다.

"아악!"

"왜 멍청하게 거기 서 있다 맞는데?! 짜증 나게 굴지 말고 혼자 있고 싶으니까 언니도 가버려! 빌어먹을, 내가 이대로 물러날 줄 알고?! 누군 빽 없어?!"

보라는 아파하는 유나를 놔두고 제 방으로 들어가 문을 부서져라 닫았다.

이마를 문지르는 유나의 두 눈이 젖어들었다. 맞은 곳이 아프기도 했지만 서러움이 더 컸다. 붉게 물든 코끝을 타고 눈물 한 방울이 떨어져 내렸다.

드르륵!

핸드폰의 진동이 바닥을 울렸다.

유나가 눈물을 훔치고 얼굴을 들었다. 보라의 것이 아닌 자신의 핸드폰이 진동하고 있었다.

매니저로부터 걸려온 전화였다.

"여, 여보세요."

–지금 어디야? 목소리가 왜 그렇게 저기압이야?

“아니에요, 잠깐 낮잠을 좀 잤어요.”

–그래, 지금 회사로 빨리 좀 올 수 있지? 한 30분 내로.

“지금요? 왜요?”

–애플티 이채린 왔어.

유나의 젖은 두 눈이 확연히 커졌다.

–리얼극장 때문에 왔는데 연습생 시절 회상하는 장면 여기서 촬영한대. 같이 안무 맞춰보고 얘기도 좀 하고. 시간 되면 간략하게 인터뷰도 할 수 있도록 해주겠대.

“저, 정말요……?”

–정말이니까 빨리 달려와. 기회 될 때마다 한 번이라도 더 방송 타야지.

“그, 금방 갈게요. 날아서 갈게요.”

유나가 눈물을 닦고 일어섰다. 마음은 급했지만 보라가 두려워서 어질러진 주방부터 다급히 치웠다.

운동화에 발을 꿰고 현관을 나선 그녀의 얼굴은 어느새 희망으로 환했다.

102장
주책이면 또 어떠한가

"정말 아무 일도 없는 거지?"

"그렇다니까요, 형. 제가 형한테 왜 거짓말을 해요."

연우는 반복해서 같은 대답을 되풀이하고 있었다.

마주 앉은 재건은 점쟁이라도 된다는 듯이 미심쩍은 눈초리로 지그시 바라보는 중이었다.

이곳은 재건의 수원 본가였다.

집으로 내려온 참에 같은 수원이 본가인 연우가 생각나서 전화를 걸었다. 그리고 집에서 함께 재인이 차려준 점심을 먹게 된 것이다.

"집에는 왜 그렇게 자주 내려가는 건데?"

도저히 지나칠 수가 없어서 재건이 재차 물었다.

"장 작가님한테 얘기 들어보니까 요즘 하루가 멀다 하고 나갔다면서? 가끔 외박도 하고. 그게 집에 내려가느라 그랬던 거야?"

"네, 뭐…… 이제 저도 조금씩 주머니 사정 풀리기도 하고 그러니까 부모님이랑 소원했던 것도 풀고 싶고 그래서요. 아들 노릇은 해야죠."

연우가 슬그머니 고개를 들고 재건과 시선을 맞추더니 덧붙였다.

"정말 그게 다예요."

"장 작가님이 걱정 엄청 많이 하셔. 요즘 너 계속 멍하다고."

"조금 피곤했나 봐요. 요즘 쓰는 글 전개가 막혀서 고민이 많기도 했고요."

"왜 나한테 상의 안 했어?"

"형 엄청 바쁘신데 매번 여쭤보기도 애매하고 죄송해서요."

"내가 아무리 바빠도 너 도와줄 시간 없겠어? 허튼소리하지 말고 힘들면 형한테 말해."

"고맙습니다, 형."

"……먹어. 찌개 다 식는다."

두 사람은 수저를 덜그럭거리며 식사를 재개했다.

반주가 없는 남자들의 식사는 오래 걸리지 않아 끝났다.

다 먹은 그릇을 들고 일어서는 연우에게 재건이 말했다.

"새로 작가 4명 들어왔어."

"현경이 형한테 연락받았어요. 한 명은 여자라면서요?"

"어, 로맨스 쓰신다더라. 엄청 귀엽던데, 너 보면 놀랄걸?"

"관심 없어요……."

"이거 진짜 무슨 일 있는 거 같은데. 너답지 않게 무슨 반응이 그렇게 시들시들해?"

바로 그때, 문이 벌컥 열리고 재인이 방에서 나왔다. 초조하기 짝이 없는 기색으로 그녀는 말을 꺼냈다.

"재건아, 나 어떡해?"

"누나는 또 무슨 일인데?"

"이번 동창회 예약한 곳이 20명 정원이거든? 근데 뒤늦게 안 온다던 애들까지 죄다 참가 신청을 해버려서 27명이나 돼버렸어. 연말 코앞이고 어디다 어떻게 예약해야 할지를 모르겠네."

"한번 차분히 찾아봐. 그 넓은 서울에 동창회할 장소가 하나 없겠어?"

"나야 장소만 적당하면 어디든 상관없는데 여자애들은 안 그래. 특히 숙희 같은 애들이 품위 떨어진다고 또 시비 걸 일 생각하면……! 아니, 이런 얘기까지 할 필욘 없지만 아무튼……!"

재인이 앞머리를 쓸어 넘기며 한숨을 길게 뽑아냈다.

개수대로 그릇을 옮기는 재건은 대수롭지 않다는 듯이 웃고 있었다.

"뭐야, 그 표정은? 누나의 고통이 재밌니?"

"그게 아니라, 한번 부탁해 보지그래?"

"부탁하다니 누구한테?"

"누구긴, 누나 남자 친구지."

재인의 얼굴이 즉석에서 달아올랐다.

개수대에서 고무장갑을 끼고 있던 연우가 놀란 얼굴로 돌아보고 물었다.

"어, 누님? 남자 친구 생기셨어요? 어떤 분이에요?"

"아, 아, 아니에요. 나 그럼 주방은 좀 맡길게요……!"

꽁무니를 빼듯이 방으로 돌아온 재인은 핸드폰을 두 손에 쥐고 머뭇거렸다.

이런 사소한 일로 바쁜 사람에게 연락을 해도 될까.

마음에 걸려서 도저히 번호를 누를 엄두가 나지 않았다.

'요즘 또 무슨 회사 인수한다고 엄청 바쁘신 것 같던데.'

최근 들어 규호는 몹시 바쁜 기색이었다.

짧은 통화와 메시지를 주고받는 것이 고작이었다. 시간이 날 때마다 학원으로 찾아오곤 했던 규호의 얼굴도 못 본 지가 일주일도 넘었다.

드르륵!

"어맛!"

생각하는 와중에 전화가 걸려왔다.

액정 위로 반가운 이름 세 글자가 떠올랐다.

이심전심이었을까.

재인은 반갑고도 기뻐서 목소리를 가다듬고 전화를 받았다.

"여보세요?"

-점심 드셨습니까?

"먹었죠, 벌써 시간이 몇 신데요. 이사님은요?"

-저도 잘 먹고 미팅까지 끝냈습니다.

일상적인 대화 몇 마디를 주고받는 사이에 또 실없는 웃음이 난다.

재인은 거울에 비치는 자신의 미소를 확인하며 대꾸했다.

"바쁘시더라도 식사 잘 챙겨 드셔야 해요. 요즘 혈색 좋아지신 거 보세요. 잘 드시니까 금방 효과 나타나잖아요."

-누구 명령인데 안 듣겠습니까. 아, 그러고 보니…….

갑자기 규호가 탄식하듯 말끝을 흐렸다.

"왜 그러세요, 이사님?"

-아니요, 맛있는 곳을 알아서 주말에 모실까 했는데…… 생각해 보니 그때 원장님 동창회 아닙니까?

"저기, 이사님. 사실은요……."

재인은 간략하게 동창회 사정을 설명했다. 예정보다 인원이 늘어 다른 식당을 알아봐야 한다는 그녀의 말에 규호는 기다렸다는 듯이 대꾸했다.

–장소 여의치 않으면 바로 저한테 얘기하시라고 전에도 말씀드린 적 있을 텐데요. 제가 알아봐 드리겠습니다.

“정말요?”

–네, 정말이죠.

“이사님, 바쁘신 와중에 이런 사소한 일로 너무 죄송스러워요.”

규호가 알아봐 준다니 안심이었다. 재인은 완전히 마음을 놓고 안도의 한숨을 길게 내뿜았다.

–전화 한 통이면 될 일입니다. 아, 그리고…….

규호가 잠시 머뭇거린 끝에 말을 이었다.

–오늘 저녁 혹시 괜찮으십니까?

“언제 물어봐 주시나 기다리고 있었어요. 괜찮아요.”

전파 너머에서 규호가 웃는 기척이 일었다.

재인도 좋아서 웃음이 터지려는 입을 손으로 틀어막는 중이었다. 10대 시절 좋아하던 선배 앞에서도 이렇게 가슴이 콩닥거린 적은 없었던 듯했다.

주책이면 또 어떠한가.

이 혹한의 12월마저 싱그러운 봄 같아서 좋다는데.

“미국판을 새로 준비하시겠다고요?”

“오픈하우스 에이든하고도 통화하고 결정한 겁니다.”

아현동 모처에 자리한 카페.

오늘도 재건의 음료는 추위와 상관없이 아이스 아메리카노였다.

맞은편에 앉은 유진은 따끈한 찻잔을 두 손에 꼭 쥐고 있었다.

“그쪽에서 피드백 받고 여러모로 고심했어요. 그들이 지적한 부분들을 고치려면 대대적인 수정이 필요하겠다는 결론이 섰습니다. 1권부터 완결까지 전부 다요.”

“일이 커졌네요. 많이 바빠지시겠어요.”

“미국 진출이 결정된 순간부터 일은 이미 커졌죠. 뭐, 괜찮습니다. 새로 쓰는 것도 아니고, 전체를 다 손본다고 해도 결국은 퇴고 수준이니까요.”

“그래도 몇 달은 소요되지 않을까요?”

“몇 달로 끝나는 정도면 다행이죠. 아무튼 올해는 확실히 넘기게 생겼네요.”

재건이 커피 한 모금을 홀짝이고는 덧붙였다.

“2부를 쓰게 될 경우도 고려하고 수정 들어갑니다.”

"역시 생각은 하시고 계셨던 거군요."

"생각만 하고 있습니다. 전체적인 구도만 이제 겨우 잡았는데요. 그 미국 독자들이 쓴 팬 픽션 덕분에 영감을 꽤 많이 얻었습니다."

"저도 읽어봤는데 참 재미있었어요. 어떻게 쓰시더라도 잘될 거예요."

종소리와 함께 카페 문이 열렸다. 30대로 보이는 한 여자가 아기를 품에 안고 들어오고 있었다. 그들을 바라보는 유진의 입가에 진한 미소가 어렸다.

"고맙습니다, 유진 씨."

"……네?"

다소 뜬금없는 재건의 말에 유진이 시선을 거둬들였다.

"갑자기 뭐가요?"

"오픈하우스처럼 좋은 업체랑 연결해 주셔서요."

유진이 미간을 좁히며 웃고는 도리질을 해 보였다.

"하 선생님이 준비된 분이셔서 받아들이실 수 있었던 것뿐이죠. 다른 작가였다면 저에게 화를 냈을지도 몰라요. 뭐 그런 업체를 소개시켜 주려고 하냐고요."

"그런가요."

"……그리고 정작 감사드릴 사람은 저예요. 평생 잊지 않을 거예요."

시선을 내리깐 재건의 얼굴이 복잡한 미소를 띠었다.

명석에 관한 감사라는 걸 모를 리 없었다.

다만 아직도 그것이 잘한 일인지 명확히 판단이 서지 않았다. 수희의 조언이 아니었다면 상관하지 않고 모르는 척 넘어갔으리라.

생각 끝에 재건은 농담으로 대화를 마무리했다.

“저 좋으라고 그랬습니다. 유진 씨 한국에 계셔야 제가 문제 생길 때마다 바로바로 여쭤보고 편하게 일할 수 있어서요.”

“어머, 숨겨진 본성 나오시나요?”

두 사람은 웃으며 얼마간 더 대화를 나눈 뒤 일어섰다.

재건은 걸어가도 금방이라는 유진을 굳이 차에 태웠다. 그리고 인근에 위치한 그녀의 아버지 집 앞까지 데려다주었다.

“데려다주셔서 고맙습니다, 하 선생님.”

“몸에 좋지 않은 건 절대로 하지 말아야 하는 거 아시죠?”

“절대 안 그런다니까요. 아까도 말씀하셨잖아요.”

“만날 때 한 번, 헤어질 때 한 번 잔소리는 드려야죠. 몸 잘 돌보시고 또 연락드리겠습니다.”

재건은 손을 흔드는 유진을 뒤로하고 차를 달렸다.

다음 목적지는 부천의 작가 사무실이다. 자신의 글을 집필하고 겸사겸사 새로 들어온 작가들의 글을 봐주기 위해서다.

드르륵!

차를 달리는 사이에 핸드폰이 울렸다.

적신호 앞에서 브레이크를 밟은 재건은 액정을 보고 눈살을 찌푸렸다.

'갑자기 왜 전화를 하셨지?'

재건이 사는 동네 구립 도서관의 관장 이정배였다. 예전에 도서관에서 강연했을 때 번호를 교환했다. 하지만 그날 이후 연락이 온 것은 지금이 처음이었다.

재건은 일단 블루투스를 연결하고 전화를 받았다.

"네, 관장님이세요?"

–아이고, 하재건 선생님. 네, 저 관장 이정배입니다. 제 번호를 아직 가지고 계셨군요. 허허허!

정배의 호탕한 웃음이 귀를 울렸다.

항시 생각보다 말이 먼저 나와 허둥거리는 그의 모습을 떠올리며 재건은 소리 없이 웃었다.

–몇 번 연락은 드렸는데 받질 않으시더라고요. 그래서 혹시나 싶어 제 핸드폰으로 연락을 드린 겁니다.

"아, 네. 도서관 전화로 거셨으면 제가 안 받았을 수도 있습니다. 이상한 전화가 많아서 모르는 번호는 안 받는 편이라서요."

–그러시군요. 요즘 도서관에 통 모습을 보이질 않으십니

다. 걱정돼서 안부차 연락드려 봤습니다.

"최근 조금 일이 바빴습니다. 걱정해 주셔서 감사합니다."

대답은 그렇게 하면서도 재건은 의아한 기분이었다. 지역구 도서관장이 일개 시민을 걱정해서 직접 전화해 안부를 묻는다고?

전파 저편에서 도서관장의 호들갑스러운 목소리가 이어졌다.

–사실 말입니다. 선생님, 많이 다망하신 게 아니라면 저희 도서관에서 강연 한 번 더 해주실 수 있을까요?

"아아…… 네."

도서관장의 입장에서 볼 때 나는 일개 시민이 아니다.

뒤늦게 그 점을 상기한 재건은 녹색 신호에 맞춰 액셀을 밟았다.

대화가 금세 끝나지 않을 것 같아서 갓길에 차를 대는 와중에 관장의 말이 이어졌다.

–다시 한번만 하재건 선생님의 강의를 듣고 싶다는 지역구민들의 요청이 연일 쇄도하고 있습니다. 그때 미처 참석하지 못한 사람들의 불평불만도 이만저만이 아닙니다. 공사다망하시겠지만 부디 연말 혹은 연초에라도 어떻게 좀 시간을 할애해 주실 수 없을까 해서 이렇게 연락을 드렸습니다.

"으음, 네……."

멈춰진 차 안에서 재건은 당시의 기억을 되새겨 보았다.

순수하게 두 눈을 반짝이며 강연에 귀를 기울이던 사람들의 모습이 뇌리에 생생했다. 특히 회사까지 쉬고 강연을 들으러 달려왔던 아기 엄마가 유독 기억에 남아 있었다.

—선생님의 편의는 최대한 봐드릴 수 있도록 전력을 다하겠습니다. 강연료를 비롯한 기타 제반 사항도 결코 선생님의 명망에 금이 가는 일 없도록 제대로 살피겠습니다.

“아니요, 강연료 같은 건…….”

—그리고 구청장님도 오신다고 말씀하셨습니다. 하재건 선생님께서 지역사회 발전에 이바지하시는 자리인 만큼 구청장님께서도 꼭 참석하고 싶다는 의견을 피력하셨습니다.

재건은 멈춰진 차 안에서 한숨을 내쉬었다.

순수한 마음으로 찾아올 독자들을 생각하고 있는데 강연료니 구청장이니. 실속 없이 장황하기만 한 관장의 말에 산통이 다 깨지는 기분이었다.

—이번엔 구청장님도 오시면 전과 비할 데 없는 규모로 행사가 진행될 것이며, 세계로 뻗어 나가고 계시는 선생님의 성함을 더욱 빛낼 수 있도록 제가 최선을…….

“그런 건 아무래도 좋습니다.”

듣다 못한 재건이 말을 잘랐다.

“강연료 안 받아도 됩니다. 누가 참석하는지 그런 것도 관계없습니다. 제가 이 일을 수락하게 된다면 그건 제 작품을 좋아해 주고 저와 소통하길 바라는 독자들이 고맙기 때문일 거예요. 관장님께서 언급하시는 그밖의 일들은 제게 중요한 사항이 아닙니다."

–아이고, 네. 선생님, 그러니까 그저 저는 그런 뜻이 아니라 선생님의 명성에 누가 되지 않는 자리라는 걸 강조하고 싶은 마음에…… 네네, 아이고. 죄송합니다. 네…….

관장이 덮어놓고 사죄를 거듭하고 있었다.

괜히 안쓰럽고 미안한 기분도 들어서 재건은 금세 대꾸했다.

"지금 사무실 들어가는 중인데요. 일정 확인하고 다시 연락을 드리겠습니다."

–고맙습니다, 선생님. 그럼 살펴 가시고, 연락 기다리고 있겠습니다.

전화를 끊은 재건은 다시 핸들을 잡았다.

사무실로 가는 사이에 그의 마음은 강연을 하는 쪽으로 기울고 있었다.

행사를 주최하는 공공기관의 의도야 어쨌든 상관없는 일이다.

타다다닥! 타닥! 타다닥!

'와, 이거 쉴 수가 없네……!'

성현이 벌게진 얼굴을 문지르고는 남몰래 혀를 내둘렀다.

이번에 새로 들어온 4인의 입주자 중 한 사람인 그는 열정적인 사무실 분위기에 벌써부터 압도되어 있었다.

'무슨 글을 쉬지도 않고 저렇게 쓰시지?'

믿을 수 없다는 그의 눈초리는 재건에게로 향해 있었다.

재건이 사무실에 도착하고 어느새 여섯 시간이 지났다. 중간에 커피 한 잔을 마시느라 10분가량 휴식한 것 빼고는 계속 글만 써대고 있는 것이었다.

사실 재건의 집중력에 놀란 사람은 성현만이 아니었다. 내색하진 않았지만 성현과 함께 입주한 재희, 보혁, 봉이도 적잖이 위압감을 느끼고 있는 중이었다.

'나도 쉬면 안 되지……!'

'그래, 오늘 2만 자는 더 쓰고 자야지!'

재건의 영향을 받은 신인 작가들 사이에 보이지 않는 불꽃이 튀었다.

한시도 멈출 수가 없었다.

빗발처럼 키보드를 두들기는 소리가 끊임없이 사무실을

울리고 있었다.

“어, 벌써 시간이 이렇게 됐네.”

문득 재건이 중얼거리며 자리에서 일어섰다. 뒤를 쓱 돌아보니 새로 들어온 작가들이 눈에 불을 켜고 글을 쓰는 중이었다.

“이제 저녁 드실 시간인데 다들 조금 쉬시죠.”

재건이 손뼉을 치며 그들에게 말했다.

기존 작가들은 알아서 끼니를 챙기지만 이들은 새 입주자다. 스스로 분위기를 파악하고 목소리를 낼 수 있을 때까지는 규칙적인 생활을 하도록 배려할 필요가 있었다.

“제가 저녁 차릴게요, 선생님.”

유일한 여성 작가 봉이가 냉큼 일어서며 대꾸했다.

재건이 쓰게 웃으며 겉옷을 챙겨 들었다.

“저 있을 땐 맛있는 거 드세요. 그리고 선생님이라고 하지 마시고요. 다들 옷 입으시고 같이 나가시죠.”

재건은 신인 작가들을 데리고 인근 아케이드 식당가로 향했다. 그리고 종종 이용하는 회전 초밥 전문점에 자리를 잡았다.

“제가 살 테니까 맛있게 드세요. 많이 드시고 힘내셔서 좋은 글들 쓰시고요.”

“아, 정말 잘 먹겠습니다.”

"저도 잘 먹겠습니다. 비싸서 한 번도 먹어본 적 없는데."

작가들이 각자 좋아하는 접시를 가져다 맛있게 초밥을 먹기 시작했다.

재건이 문득 보니 봉이의 표정만이 유독 어두웠다.

"전 작가님, 어디 불편하세요?"

"네, 아니…… 아무것도 아닙니다."

"고민이라도 있으세요? 글 관련한 고민이시면 말씀해 보세요."

당사자인 봉이 외에도 나머지 세 작가가 동시에 젓가락을 멈췄다.

그들은 봉이의 고뇌가 무엇인지 짐작하고 있었다.

"사실은요……."

이윽고 봉이가 어렵사리 운을 뗐다.

"제가 스무 살 때 데뷔를 했거든요?"

"네, 그럼 5년 전이네요?"

"맞아요, 그런데…… 제가 잘 몰라서 그냥 좋은 조건인 줄 알고 전속 계약을 했었어요. 3년 동안이요."

"전속 계약 3년이요? 어디랑요?"

"해태미디어요."

재건은 어쩐지 혈압이 오르는 기분이었다. 뒷목을 주무르면서 그는 채근하듯 물었다.

"계속 말씀하세요. 그래서요?"

"나중에 알게 됐지만 조건이 좋지 않았어요. 유료 연재랑 이북 전부 5 대 5였구요. 출판권 회수도 완결권 출간일 기준으로 5년 뒤였구요."

설명을 들으며 재건은 마종구 실장과 박경수 대리를 떠올리는 중이었다.

자신이 고통 받던 시절에 봉이도 어딘가에서 해태미디어로 인한 인고의 시간을 보내고 있었던 것이다.

"아무튼 그건 지난 일이고, 계약서 내용이 어찌 됐든 잘못 계약한 제 자신의 잘못이라고 생각해요. 문제는……."

"문제는?"

봉이가 울상이 되어 고개를 들고 대답했다.

"데뷔작은 종이책이었는데 출판권을 올해 4월에 회수했어요. 지금 다시 돌아보면 부족한 부분도 많은 작품이고 창피해서요. 그런데, 몰래 팔고 있더라구요."

"출판권을 회수한 작품을 몰래 팔고 있다고요?"

고개를 끄덕이는 봉이는 벌써 분한 눈물을 찔끔거리고 있었다.

"어느 플랫폼에서도 팔지 말아야 되잖아요. 제가 출판권 회수했고 제 저작물이니까요. 그런데 갑자기 친구한테 연락이 와서 보니 구글 마켓에서 버젓이 팔리고 있는 거예요."

"그래서 어떡하셨어요?"

"당연히 전화해서 따졌죠. 그날 바로 내려주더라고요. 그런데 한두 주쯤 지나서 보니 또 다른 업체에서 저 몰래 팔고 있는 거예요. 전 다시 따졌고, 해태미디어에서는 내리고, 이런 어처구니없는 일이 벌써 7~8번 반복됐어요……."

재건은 어이가 없어서 말문이 막혔다.

설마 해태미디어가 이 정도로 막무가내였을 줄이야.

법에 대해 무지하고 글 쓰는 일 외에는 잘 모르는 작가들의 성향을 악용한 불법적인 행위가 아닌가.

"일단 식사부터 하세요."

생각 끝에 재건이 젓가락을 들면서 말했다. 돌이켜 보니 해태미디어와 통화한지도 오래됐다. 과거의 자신이 떠오르면서 본능적으로 어금니가 부서질 듯이 갈리는 재건이었다.

BIG LIFE

"얘, 재인아. 너 이게 어떻게 된 거야?"

"그래……! 도대체 여길 어떻게…… 아니, 지금 12월에 무슨 수로 여길 예약했어? 그것도 제일 큰 룸을?"

서울 연희동 모처의 중국식 레스토랑.

재인을 필두로 한 여러 동기는 저마다 입을 다물지 못했다.

개구리처럼 두 눈을 부릅뜨고 있는 건 숙희도 마찬가지였다.

아무나 오고 싶을 때 동네 식당처럼 올 수 있는 곳이 아니다. TV를 즐겨 보고 요리에 관심이 많은 이 자리의 거의 모두가 아는 사실이었다.

평소에도 한번 이곳에서 밥을 먹으려면 3개월 전에는 예약을 거쳐야 한다.

특히 지금은 연말이다. 재인이 일찌감치 동창회를 염두에 두고 여름에 이 레스토랑을 예약했다?

앞뒤가 맞지 않는 소리였다.

"얘, 도대체 여기가 뭐 어디라서 그래?"

다소 눈치가 부족한 동기가 옆자리의 친구에게 귀엣말로 물었다. 친구가 별천치를 다 보겠다는 표정으로 대꾸했다.

"여길 몰라? 그 요리 프로그램에 나오는 셰프 있잖아. 이름이 뭐였더라. 아씨, 잠깐만."

친구가 핸드폰을 급히 꺼내 들었다.

바로 그때, 노크 소리와 함께 룸의 출입문이 살며시 열렸다.

"이지석!"

핸드폰으로 검색하려던 동기가 무심코 소리쳤다.

모두가 입을 떡하니 벌리고 출입문 쪽으로 눈길을 모았다. 조리사 제복을 입은 한 남자가 수줍게 웃으며 들어선 참이었다.

"안녕하세요, 이 레스토랑의 오너이자 조리의 총책임을

맡은 이지석이라고 합니다.”

지석이 좌중을 둘러보며 자신을 소개했다. 실상 소개할 필요는 전혀 없었다. 그의 얼굴을 본 순간 모두가 정체를 알아차렸으니까.

“저, 정말 이지석 씨야.”

“어쩜…… TV에서 본 거랑 똑같아.”

“아, 대박. 너무 신기해.”

좌우의 친구들과 속닥거리는 동기들의 얼굴에 주체할 수 없는 웃음이 만연했다.

TV에서나 보아왔던 유명 인사를 실제로 접했다. 32살의 그녀들은 이 순간 소소한 일 하나에도 설레던 여고생으로 되돌아와 있었다.

“오늘 하재인 원장 선생님을 비롯해 수경여고 동창 여러분을 모시게 돼서 기쁩니다. 최고의 맛과 서비스를 제공해 드리겠습니다. 감사합니다.”

말을 마친 지석은 정중히 허리를 굽혀 인사하는 일도 잊지 않았다.

덩달아 엉거주춤 일어선 몇몇 동기가 지석 앞으로 나섰다.

“아, 이지석 선생님. 저 선생님 방송 빼먹지 않고 다 챙겨보고 있어요.”

“네이빈에서 알려주신 레시피대로 만드니까 엄청 쉽고 편해요. 남편도 요즘 제 요리 실력 늘었다고 무지 좋아하고요."

"기념사진 한 방만 찍어주시면 안 될까요?"

지석은 사진을 함께 찍어주고 몇 가지 질문에 답한 다음 조리를 위해 돌아갔다.

다시금 착석한 동기들이 득달같이 재인에게 질문을 던져왔다.

"그래, 이것아. 여기 나도 아버지 생신 때 모시고 오려고 전화 수십 통을 걸었는데도 예약 실패한 곳인데. 연말에 대체 무슨 수를 써서 여길 예약했니?"

"이지석 씨랑 개인적인 친분이라도 있는 거야? 예약도 예약이지만 직접 저렇게 인사까지 하러 와?"

"혹시 남동생분이랑 친한 거야? 네 남동생 엄청 잘나가잖아. 방송하다 알게 된 거니?"

재인은 일일이 대답할 수도 없어 곤혹스러운 웃음만 빼물었다.

두 자리 너머의 숙희는 다소 경직된 표정이었다. 고고한 척 말없이 찻잔을 드는 손길이 미세하게 떨리고 있었다.

'이 기지배가 무슨 수를 쓴 거지……?'

숙희는 내색하지 않았으나 속이 부글부글 끓고 있었다. 두 배로 울화가 치밀 만한 사연이 그녀에게는 있었다.

유명하고 고급스러운 식당을 순회하며 SNS에 자랑하는

것이 숙희의 일상 중 하나였다. 돈 많은 남자 친구가 생긴 뒤로는 그 빈도가 부쩍 늘었다.

지석이 운영하는 이 레스토랑도 당연히 표적에 올라와 있었다. 하지만 직접 와본 것은 지금 동창회가 처음이었다.

'우리 자기도 예약을 실패한 곳인데…… 저 기지배가 대체 어떻게 여길 예약한 거야?!'

IT 중소기업 대표의 아들인 남자 친구를 활용해 이 레스토랑을 예약하려고 한 적이 있었다.

하지만 예약하지 못했다.

회사를 통해 인터넷 배너 광고도 무상으로 해주겠다며 간청했지만 끝내 예약하지 못했던 것이다.

"숙희야, 왜 그렇게 말이 없어?"

"응? 아, 아니야. 잠깐 다른 생각 좀 하느라."

"얼굴이 많이 빨개. 몸 어디 안 좋아?"

"안 좋기는, 괜찮아. 여기가 조금 덥나 보다."

숙희가 코트를 벗으며 나오지도 않는 웃음을 억지로 지어 보였다.

패배감으로 머리 꼭대기까지 피가 차올랐다. 삐딱한 마음을 드러냈다간 재인의 자존심을 살살 긁어주는 꼴만 될 것 같아 아무렇지도 않은 척 꾹 참고 있었다.

게살 스프를 시작으로 코스 요리가 시작되었다.

예약 단계에서 미리 정해져 있던 메뉴는 E코스였다. 이 레스토랑의 코스 요리 중 가장 고가로 1인 기준 5만 원의 가격이다. 유명세치고는 저렴한 축이었다.

특별한 날 간만에 모인 30대의 이들에게 부담스러운 가격은 아니었다.

"실례합니다. 특별히 준비된 서비스 들어가겠습니다."

식사가 중반에 이르렀을 때 지석과 직원들이 메뉴에도 없는 서비스를 가져왔다. 두툼한 고기와 청경채가 어우러진 상하이의 대표적인 요리 동파육이었다.

"어머, 동파육이다. 나 이거 엄청 좋아하는데."

"이게 서비스라고? 다섯 접시나 되는데?"

"나 이거 블로그에서 찾아봤어. 메뉴에는 없고 주문하면 해주는데 한 접시에 5만 원 넘는 거 같던데."

"그렇게 비싸? 근데 이게 다 서비스라고? 진짜 돈 안 내고 먹어도 되는 거야?"

왁자지껄 무르익어 가는 자리 속에서 웃지 못하고 있는 사람은 숙희 한 사람뿐이었다. 나서고 싶어도 나설 틈이 없었다.

BIG LIFE

"회장님, 밤공기가 차갑습니다."

“거 여기서부터 얼마나 걸어간다고 그래. 내가 이제 안 도망친다고 단단히 약속했잖어.”

두 남자가 연희동의 거리를 나란히 걷고 있었다.

오늘도 등산복 차림을 한 규백, 그리고 그의 충실한 심복 배 실장이었다. 북한산으로 등산을 다녀가는 길이었다.

“백숙을 먹지 말았어야 했어.”

규백이 저 멀리 아른거리는 레스토랑 간판의 불빛을 보며 중얼거렸다.

“여기까지 왔는데 배가 불러서 목련 볶음밥 한 그릇을 못 먹고 가겠군.”

“식사는 어려우시겠지만 저기 따뜻한 카페에서 차라도 한 잔 하시지요, 회장님.”

“그럴까.”

레스토랑의 맞은편에 아담한 카페가 자리하고 있었다.

뒷짐을 지고 선 규백은 배 실장을 따라 그리로 걸음을 옮겼다. 때맞춰 레스토랑에서는 식사를 마친 여자들이 우르르 몰려나오고 있었다.

“우리 이제 2차 가야지. 갈 사람 몇 명이나 돼?”

“나는 이만 들어갈게. 우리 그이 옹졸해서 아직까지 밥도 안 먹고 삐쳐 있을 거거든.”

“너는 결혼 5년 차에 아직도 그런다니? 우리 남편은 아주

신나게 먹고 마시다가 아침 6시 전까지만 돌아오라더라."

"뭐야, 그럼? 2차 가는 사람 10명도 안 되는 거야?"

규백은 소란스럽게 대화를 나누는 여자들에게로 무심코 시선을 옮겼다.

얼마 못 가 그의 가늘었던 두 눈이 부릅떠지며 광채를 발했다.

"이봐, 배 실장."

"네, 회장님."

"저 감색 코트 입은 아가씨 좀 보게."

규백이 턱짓으로 여자들 무리를 가리켜 보였다. 의아한 표정으로 그쪽을 바라본 배 실장의 두 눈도 규백처럼 큼지막하게 변했다.

"어때? 그 아가씨 맞는 것 같지?"

"네, 회장님. 제가 보기에도 맞는 것 같습니다."

규백이 고개를 끄덕이며 무리 쪽을 지그시 바라보았다.

그가 보고 있는 사람은 다름 아닌 재인이었다. 위급한 순간의 자신을 구해줬던 아가씨와 이렇게 마주치게 될 줄이야.

'으음……?'

거리가 멀지 않았기에 시선을 느낀 재인도 고개를 들었다. 규백과 배 실장이 느릿한 걸음으로 다가오고 있었다.

잠시 고개를 갸웃거린 끝에 재인도 기억을 떠올리고 입을 벌렸다.

"아, 어르신……."

"역시 맞군요. 그때 정말 고마웠습니다."

규백이 허리를 굽히며 감사의 마음을 건넸다.

재인은 두 손을 내저으며 허둥지둥 대꾸했다.

"아니에요, 어르신. 제가 아니라 누구라도 그랬을 거예요."

"그렇게 사라지는 법이 어딨어요? 나이든 사람 마음 불편하게 하는 거 아니에요."

"그렇게 느끼셨다면 죄송해요. 제가 괜히 부담스러우시게 할까 봐……."

규백의 입가에 온화한 미소가 감돌았다. 가까이서 제대로 대면한 재인은 고즈넉한 분위기가 흐르는 미인이었다. 진솔하고 정감이 묻어나는 말투도 좋았다.

"연락처라도 알려줘요."

"정말 뭔가 보답을 바라고 한 일이 아니에요, 어르신."

"아가씨 마음은 잘 알았어요. 거, 명함이라도 하나 없으신가?"

"아, 명함이요…… 잠시만요."

재인이 가방을 열고 명함 하나를 꺼내 두 손으로 공손히 내밀었다.

규백이 손에 받아 든 명함을 눈앞 가까이 들이밀었다.

"이거 교육자 양반이셨구만. 좋은 일 하시네."

"감사합니다, 그냥 동네에서 소소하게 학생들 가르치고 있어요."

"댁이 수원이신가?"

"네, 수원이에요. 오늘은 동창회 때문에 올라온 거고요."

그때 등 뒤의 무리에서 한 동기가 재인을 불렀다.

"재인아, 2차 가야지."

"아, 그래. 금방 갈게."

재인이 난처한 웃음으로 규백에게 말을 이었다.

"어르신, 죄송하지만 지금 친구들 때문에 바로 가 봐야 할 것 같아서요."

"아이구, 미안해요. 이거 내가 바쁜 사람 붙잡고 있었네. 좋은 시간 보내요. 내 조만간 한번 연락드릴게요."

"다시 말씀드리지만 신경 쓰시지 않으셔도 돼요. 그럼 어르신도 좋은 밤 되시고 건강 유념하세요."

허리 숙여 인사하고 난 재인이 돌아섰다.

또각또각.

그녀의 구두소리가 길 너머로 멀어져 가는 가운데, 규백과 배 실장도 천천히 몸을 돌렸다.

"썩 괜찮은 처자야? 그렇지?"

"네, 회장님. 그때도 느꼈지만 인상이 참 포근하면서도 지적입니다. 요즘 세상에 저런 아가씨 흔치 않지요."

카페에 들어서는 규백은 생각에 잠겨 있었다. 세상에서 가장 사랑했던 아내가 머릿속에 가득했다.

'이상하군그래, 당신이랑 닮은 것도 아닌데.'

규백이 속으로 중얼거리며 고개를 갸웃했다.

조금 전 만난 재인으로부터 죽은 아내의 향취를 느낀 까닭이다. 이목구비는 조금도 비슷한 데가 없는데 도대체 무슨 이유일까.

"회장님, 차 한잔 드십시오."

"배 실장, 부탁이 있는데……."

규백이 찻잔을 두 손으로 잡고는 운을 뗐다. 어린아이처럼 실장의 눈치를 보면서 재벌가의 총수는 말을 이었다.

"나 오늘 술 한잔만 하면 안 되겠나?"

"네, 회장님. 절대로 안 됩니다."

배 실장이 엄격하기 짝이 없는 표정으로 단호하게 대답했다.

규백은 쓴웃음을 지으며 찻잔으로 입을 가져갔다. 일찌감치 세상을 떠나 버린 아내가 그리워지는 밤이었다.

BIG LIFE

"오신다고요? 저야 좋지만…… 괜찮으시겠어요?"

—안 될 게 뭐 있습니까. 원장님도 집까지 데려다드려야 하니까요. 시간 맞춰 가겠습니다.

전화를 끊고 난 재인은 반신반의한 심정으로 화장실을 나섰다. 2차로 자리가 정해진 퓨전 요리 주점이었다. 이탈한 동기들을 제외한 10명가량이 내측의 큰 자리를 차지하고 있었다.

"무슨 통화를 그렇게 길게 하니? 남자 친구라도 생긴 거야?"

한 동기의 물음에 재인은 웃음으로 대답을 대신하고 자리에 앉았다.

맞은편의 숙희가 몰랐냐는 듯이 좌우를 돌아보며 말을 꺼냈다.

"너희들 몰랐구나? 재인이 남친 있잖아."

"아, 그래? 하재인 드디어 짝이 생긴 거야? 무슨 일하는 사람이니?"

입을 열려는 재인에 앞서 이번에도 숙희가 먼저 대꾸했다.

"게임 회사 직원이래."

"아, 게임 회사? 온라인 게임 같은 거 만드는?"

"응, 전에 나랑 재인이랑 둘이 동창회 계획 짜느라 만났을 때 얘기 들었어. 게임 회사 많이 힘들 텐데, 그때도 말했지만 솔직히 지금도 걱정이다."

숙희가 근심스럽다는 듯이 테이블 너머로 재인을 바라보

며 말했다.

재인은 쓴웃음을 지으며 말이 없었다. 짐짓 걱정해 주는 말투였지만 실상은 깎아내리려는 의도임을 모르지 않았으니까.

“숙희 너는 게임 회사에 대해 잘 아나 봐?”

“아, 너희들도 알다시피 남친이 IT 기업 이사잖아. 자기 아버지 회사인데, 모바일 게임 서비스 쪽으로도 얼마간 연이 있더라구. 대체적으로 게임 회사는 박봉이고 힘들대.”

물살을 탄 숙희는 물어보지도 않은 얘기를 줄줄이 늘어놓았다.

“그 말 듣고 남친한테 잔소리 좀 했어. 돈 걱정할 일 없다고 편하게 일하니까 요즘 그렇게 살이 찌는 거냐고 한마디 했지. 다음 주부터 나 따라 요가라도 하겠대. 남자가 요가하면 모양이 조금 웃길까? 너희들 생각은 어때? 호호호!”

숙희가 제 입을 가리고 웃음을 터뜨렸다.

동기들의 얼굴에는 썩어가는 미소가 잔잔히 일어나고 있었다. 숙희의 과시하는 성격이라면 다들 익히 아는 바였다.

웃음소리가 잦아들 즈음 한 동기가 나섰다.

“숙희 너, 남친 회사가 센소프트라고 했었던가?”

“응, 맞아.”

“멋지다. 검색해 보니까 코스닥에도 등록돼 있고 시총 500

억도 넘더라. 남친 잘 만나서 좋겠어.”

숙희는 만족스럽게 맥주 한 모금을 목젖으로 넘겼다. 레스토랑 예약 건으로 느꼈던 굴욕이 얼마간 해소되는 기분이었다.

하지만 동기의 말은 끝나지 않았다. 숙희에게서 거둬들인 시선을 재인에게 돌리며 말을 이어가는 것이었다.

“그런 거 보면 재인이 남동생도 참 대단해. 혼자서 몇백억을 벌었지 아마? 완전 1인 기업 아니니?”

숙희의 양쪽 눈두덩이 꿈틀거렸다.

그녀의 심경 변화를 분명히 눈치챘음에도 동기는 호들갑을 섞어가며 말을 멈추지 않았다.

“미국이랑 중국으로도 진출하고. 조만간 해리슨 포터 작가처럼 세계적으로 초대박 터뜨리는 거 아니니? 그 작가 재산이 1조 가까이 된다더라.”

“뭐라고? 그 작가 재산이 그렇게나 많아?”

“그렇다니까. 재인이 동생도 그렇게 되지 말란 법 없지. 세상에 회사를 운영하는 것도 아니고 소설만 써서 그렇게 많은 돈을 번다는 게 쉬운 일이겠니? 너무 부럽다, 재인아.”

숙희는 한 모금으로 멈추려던 한 잔의 맥주를 전부 꿀꺽꿀꺽 들이마셨다.

당사자도 아닌 다른 동기를 통해 역공을 맞았다. 이성을 잃어가는 그녀의 입이 뒤틀리듯 벌어졌다.

"너 지금 그거 나 들으라고……."

바로 그때.

핸드폰이 울리며 재인이 다급히 전화를 받았다.

"아, 벌써 오셨어요? 네? 바깥에서 기다리신다고요? 아, 죄송해서 어떡해요."

옆에서 내용을 들은 동기가 즉시 반색했다.

"남친이지? 여기 앞까지 왔대?"

"야, 보고 싶다. 들어오시라 그래. 응?"

재인이 핸드폰을 손으로 막고 동기들에게 대답했다.

"어떻게 그래? 너희들도 있는데 미안하게."

"무슨 소리야? 그게 왜 미안해? 야, 여자들만 있으니까 완전 심심해. 여기 누구 재인이 남친 합석하는 거 반대하는 사람 있어? 있으면 손!"

아무도 손을 들지 않았다. 심지어 숙희마저 도전적인 눈빛으로 쳐다보며 거들었다.

"그래, 나도 보고 싶다, 얘. 마침 근처면 잠깐 들어오시라고 해봐."

"아, 으음…… 그래, 그럼 잠깐만."

재인이 통화를 이어가며 주점 바깥으로 나섰다.

몇 분이나 지났을까.

출입문이 다시 열리면서 재인이 돌아왔다.

정장을 입은 훤칠한 사내가 그녀의 뒤를 따르고 있었다.

“어머, 어머머…….”

“야, 대박. 완전 잘생겼어.”

“저 남자가 재인이 남친이라고?”

당당한 걸음걸이로 재인과 함께 가까워 오는 남자는 규호였다. 머리에서부터 발끝까지 귀티가 자르르 흐르는 그의 용모에 동기들은 전부 할 말을 잃었다.

“실례합니다, 재인 씨와 교제하고 있는 남규호라고 합니다.”

규호가 테이블 앞에서 정중히 인사했다.

그에 동기들도 당황해서 엉거주춤 일어나 고개를 까닥였다. 규호의 지척에 앉은 한 동기는 무심코 그의 손목에 걸린 시계를 보고는 입을 찢어져라 벌리고 말았다.

“재인 씨, 잠시 화장실 좀 다녀오겠습니다.”

“네, 저쪽이에요.”

규호가 화장실 쪽으로 용무를 보러 사라졌다. 그의 시계를 봤던 동기가 기다렸다는 듯이 재인을 붙잡고 물었다.

“재, 재인아…… 너 남친 대체 뭐 하는 분이시니?”

“응? 아까 말했잖아. 게임 회사…….”

동기가 어이없어하며 고개를 마구 가로저었다.

“야, 거짓말하지 마! 게임 회사 직원이 1억짜리 시계를 차고 다닌다고?"

"으응……?"

"우리 남편 시계 유통하잖아! 저 시계 브랜드 내가 알아! 1억이 넘는다니깐! 대체 게임 회사에서 무슨 월급을 얼마나 준다고 저런 시계를 차!"

"얘, 재인아! 호정이 말 정말이니? 정말 그렇게 비싼 시계야? 집이 잘 살아?"

다시금 동기들의 관심이 온통 재인에게로 집중되었다.

누구보다 기겁한 숙희는 턱 끝을 바들바들 떨고만 있을 뿐이었다.

더 이상 표정 관리나 태평히 하고 있을 계제가 아니었다.

103장

왜 대답이 없으시죠

“어떡해요, 마 실장님?”

“으음……!”

직원들이 이제 막 출근한 해태미디어 사무실.

박경수 대리의 보고를 받은 마종구 실장은 똥을 씹은 것 같은 표정으로 머리를 쥐어뜯고 있었다.

“하필이면 또 하재건 사무실에 들어갔을 줄은……!”

멍하니 중얼거리던 종구가 이리의 눈을 치켜들어 경수를 쏘아보았다.

“박 대리 일 똑바로 안 해?!”

“저, 저는 그저 실장님이 시키신 대로…….”

종구가 어이없다는 듯이 헛웃음을 터뜨렸다. 넥타이를 느슨하게 풀고 일어선 그는 주위의 직원들을 돌아보며 목소리를 높였다.

"이거 누가 들으면 뭐, 참나. 박 대리 지금 무슨 소리하는 건데? 내가 언제 자네한테 그러라고 했어?"

"죄송합니다. 저는 그러니까 실장님이 시키셨다는 게 아니라 당연히 그렇게 해야 하는 것으로 받아들여서 그……."

"에이, 씨발!"

쾅!

종구가 죄도 없는 서랍을 힘껏 걷어찼다. 모퉁이를 잘못 차는 바람에 새끼발가락에 지독한 통증이 일었다. 체면 때문에 이를 악물고 참으며 그는 말했다.

"끄으으……! 준비해."

"네? 뭐, 뭘요?"

"하재건 사무실 찾아가서 읍소할 준비하라고! 대표님한테도 박 대리가 가서 나 대신 쪼인트 맞고 와!"

일갈하고 난 종구는 이번엔 파티션 너머 다른 직원을 돌아보며 소리쳤다.

"이 대리가 전봉이 작가 전자책 인세 정산해 놔! 그리고 12시 전까지 입금시켜!"

"네, 네…… 실장님."

명령을 마친 마 실장은 즉각 오후까지의 모든 일정을 전부 뒤로 뺐다.

관례처럼 등쳐먹던 작가들 중 한 사람인 전봉이의 배후에 재건이 있었다. 이 사실을 알게 된 이상 다른 도리가 없었다.

"전봉이 작가님 인세를 이제야 입금하시는 거예요?"

정산을 마친 이 대리에게 옆자리의 신입 직원이 넌지시 물었다. 이 대리는 종구와 경수 쪽을 힐끗 살폈다. 그러고는 신입에게 나가자는 신호를 보내며 일어섰다.

"커피 한잔할래요?"

"고맙습니다."

이 대리와 신입은 커피를 한 캔씩 들고 건물 옥상으로 올라갔다. 담배 하나를 꺼내 들면서 이 대리가 입을 열었다.

"대우 씨, 여기 오래 다니실 거면 그러려니 하세요."

"네?"

"이게 해태미디어 스타일이거든."

신입을 돌아보며 이 대리가 자조하듯 웃었다.

"제가 여기 들어온 지 딱 2년 됐습니다. 그리고 한 가지 깨달은 게 뭔지 아세요?"

"그, 글쎄요……?"

"작가들이 상상 이상으로 무기력한 존재라는 점이었어요. 작가들 중 열에 아홉은 팔린 만큼 정산을 못 받아도 항의를 안 해요. 특히 인기가 별로 없는 작가들은 심하죠. 애초에 글 쓰는 것밖에 모릅니다. 무기력하고 귀찮은 일이라면 손끝 하나 대기도 싫어해요."

"자기가 받아야 할 정당한 대가를 못 받는데도요?"

"네, 못 받는데도 말입니다."

이 대리가 미심쩍어하는 신입의 말을 강조하듯 되풀이하고는 덧붙였다.

"그 점을 십분 활용하는 업체가 이 회사고요."

"그렇지만…… 가끔 정말 고소하겠다고 제대로 나서는 작가도 있지 않을까요?"

"말했다시피 만만한 작가들 가려가며 등쳐먹는 겁니다. 비인기 작가들 인세라고 해봤자 몇 푼 안 돼요. 조금 전에 전봉이 작가 정산 보셨죠?"

"네, 그래서 보고 속으로 생각했었어요. 얼마 되지도 않는데 그냥 입금해 주는 편이 회사 이미지나 나중을 봐도 더 실리적인 거 아닌가 하고요."

이 대리가 다시금 허공을 보며 피식 웃었다.

"대우 씨가 하나는 알고 둘은 모르시네. 해태미디어에서 지금까지 낸 작품이 얼마나 되는지 알아요?"

"네? 한…… 1,000여 권쯤?"

그 말에 이 대리가 코웃음을 쳤다.

"3,500권이 넘어요. 3,500권. 그중 전봉이 작가 같은 작가가 몇이나 될까요?"

"……."

"푼돈이 모여서 목돈이 되고 우리 해태미디어 대표님의 배를 불려주는 거라고요."

"아…… 무슨 말씀이신지 이해했습니다."

이 대리가 빠르게 담배 하나를 전부 피웠다. 곧바로 두 개비째의 담배를 꺼내 물며 그는 말을 이었다.

"대부분의 작가는 가난합니다. 글만 써서 먹고 못 살아요. 아르바이트를 병행하거나 아예 직장을 다니면서 잠을 줄이고 글을 쓰는 작가가 수두룩해요."

"네, 제가 지금 처음으로 담당하게 된 고대근 작가님도 야간 PC방 겸업이시더라고요."

"가난한 작가의 가장 큰 문제 중 하나는 마음에 여유가 없다는 겁니다. 그래서 정당한 인세를 받지 못했다는 걸 깨달아도 감히 소송을 걸거나 법무사에 찾아가 상담할 엄두 자체를 못내요. 끽해야 회사로 전화해서 얼마 안 되더라도 좋으니 입금 좀 시켜 달라고 간청하는 게 고작이죠."

"으음……."

"자기가 당연히 받아야 할 돈을 제발 달라고 애원하는 겁니다. 웃기지 않습니까? 당장 하루하루 생활비가 급하니까 뭐가 옳고 그른지는 나중 문제가 되어버리는 겁니다."

이 대리가 거듭 담배를 빨아들이다 말고 헛구역질을 했다. 젖은 두 눈을 문지르며 그는 말을 이었다.

"더 웃긴 건 그런 작가들의 전화를 받았을 때 마종구 실장님이 하는 대답입니다. 우리 출판사에서 차기작을 내시라, 원고를 주면 밀린 인세를 지급해 드리겠다, 이렇게요."

"맙소사……! 무슨 밀린 인세가 볼모도 아니고."

"맙소사 소리 나오죠? 저도 입사 초기엔 대우 씨처럼 반응했었습니다."

이 대리가 남은 커피를 한 번에 들이마시고 캔을 휴지통에 던져 넣었다. 천천히 몸을 뒤로 돌리며 그는 말했다.

"이해되지 않았지만 지금껏 줄곧 받아들여 왔지요. 저도 월급을 받아야 먹고 사는 직장인이니까. 하지만 이젠 지쳤습니다. 더 이상 이해하지 않기로 결정했어요."

"그게 무슨 말씀이세요?"

"사표 썼습니다. 다음 주까지만 일하고 그만둡니다."

"이 대리님……?!"

"대우 씨 가르치느라고 조금 미뤘던 겁니다. 조만간 술이나 한잔합시다."

"네…… 알겠습니다."

신입은 시무룩해져 이 대리의 뒤를 따랐다.

해태미디어에 입사해서 처음으로 친해진 사람이 다음 주

면 그만둔다니. 안타깝기 그지없는 심정이었다.

“그만두시면 한동안 쉬시려고요?”

“원룸 월세 내야지 쉴 틈이 어딨습니까. 직장이라면 이미 구해 놨습니다. 면접 합격했어요.”

“아, 그럼 이직이라고 볼 수도 있겠네요. 어디로 가시는 거예요?”

“래프북스요.”

“래프북스요?! 풍천유 작가님 계신 곳 말씀이시죠?”

“목소리가 커요, 대우 씨. 나중에 자세히 말씀드릴 테니 일단 회사에선 비밀입니다.”

사무실로 내려오던 중 층계참 구석에 몰려 있는 담배꽁초가 보였다. 옥상까지 올라가기 귀찮아하는 흡연자들이 피우고 아무렇게나 내버린 흔적이었다.

언제나 그랬듯이 이 대리는 오늘도 허리를 굽혀 담배꽁초를 전부 주웠다.

이렇게 치우다 보면 누군가 한 명쯤은 느끼는 바가 있겠지.

조금씩이라도 세상이 더 나아졌으면 좋겠다고 그는 오늘도 속으로 바랐다.

"퓨전 판타지 장르에서 여자 주인공은 좀 그렇죠."

"역시 작가님들 생각은 그런가요?"

"절대다수 독자가 남잔데요. 여주 판타지는 안 팔려요."

세 명의 신입 작가가 이구동성으로 말했다.

봉이는 풀 죽은 표정으로 고개를 끄덕이고 있었다.

"그냥 로맨스를 쓰시지 그러세요?"

"데뷔하고 계속 로맨스만 썼더니 이상하게 재미가 없네요. 특히 지금 쓰는 것도 그렇고요. 원래 판타지를 좋아하기도 하고요."

바로 그때, 안방의 문이 열리며 홀로 집필하고 있던 재건이 모습을 드러냈다.

신입 작가들이 반색하고 시선을 향했다.

"하재건 작가님, 여주물은 안 팔리죠?"

"여주물이요?"

"그니까 판타진데 주인공이 여자요. 전봉이 작가님이 신작을 어떻게 쓸지 고민하고 계셔서요."

"팔리기 힘들죠."

커피메이커 앞으로 다가서며 재건이 말했다.

작가들이 그럴 줄 알았다는 듯이 고개를 끄덕이는 사이,

재건은 덧붙였다.

"그렇지만 자기가 좋아하는 걸 쓰는 게 더 중요하니까요. 재미있게 쓴다면 시장성은 얼마든지 있다고 생각합니다."

시작은 같았지만 결론은 완전히 달랐다.

봉이는 커피를 타는 재건의 뒷모습을 빤히 바라보았다.

어느새 입가에는 해맑은 웃음이 피어나고 있었다. 마음속에서는 이미 무슨 글을 써야 할지 상쾌하게 결정이 내려졌다.

드르륵!

주머니 속에서 진동이 일었다.

핸드폰을 꺼내 든 봉이는 화면을 들여다보자마자 두 눈을 부릅떴다. 계좌 입출금 알림 메시지였다.

입금 318,420원

잔액 2,611,243원

해태미디어

'이, 이게 어떻게 된 거야……?'

갑작스런 입금 문자가 봉이를 당혹에 빠뜨렸다.

그간 받지 못했던 데뷔작 전자책 인세가 분명했다.

데뷔작은 인기가 없었기에 들어온 액수도 얼마 되지 않았다. 하지만 지금 중요한 건 그런 것이 아니었다.

그동안 몇 번이나 물었어도 외면을 거듭했던 해태미디어가 무슨 바람이 불어서 갑자기 입금을 했단 말인가.

"전 작가님, 왜 그러세요? 뭐 안 좋은 연락이에요?"

"아, 아니요. 그런 건 아니고……."

봉이가 말끝을 흐리며 고개를 들었다.

파란을 일으키기 시작한 두 눈은 주방 쪽의 재건에게로 고정되었다.

회전 초밥을 먹으며 고민을 털어놓았던 일이 뇌리에 떠올랐다.

'설마 하 작가님께서……?'

그때 재건은 '일단 식사하세요'라고만 답했을 뿐 뭘 어떻게 도와주겠다고 말하진 않았었다. 그래서 봉이도 별다른 기대 없이 잊어버리고 있었던 터다.

생각 끝에 봉이가 자리에서 일어섰다.

직접 물어봐야겠다는 마음으로 입을 떼는 순간, 현관 쪽에서 초인종 소리가 크게 울렸다.

"어? 누구지?"

현관과 가장 가까운 자리의 성현이 일어섰다. 입주자들은 모두 비밀번호를 알기 때문에 초인종을 누를 일이 없는 것이다.

"누구세요?"

"실례합니다, 하재건 작가님 사무실 맞으시죠? 해태미디어에서 나왔습니다."

인터폰을 통해 흘러나오는 목소리는 종구의 것이었다. 봉이가 그 자리에 선 채로 굳어들었다. 주방의 재건도 커피를 마시다 말고 시선을 던지고 있었다.

"하재건 작가님, 어떡하죠?"

"……열어주세요."

재건의 말에 성현이 부랴부랴 현관문을 열었다.

종구와 경수가 나란히 서 있었다.

두 사람 모두 양손엔 온갖 음료수 박스를 들고 있었다.

"헤헤, 안녕하십니까. 저 해태미디어에서 실장으로 있는 마종구라고 합니다."

"저는 박경수 대리입니다. 하재건 작가님 안에 계신지요?"

"네, 계세요……."

성현이 떨떠름하게 대답하며 두 사람이 들어올 수 있도록 비켜주었다.

안으로 들어선 종구는 멍하니 서 있는 봉이를 발견하자마자 비굴한 웃음부터 빼물었다.

"하, 하하! 전봉이 작가님 그간 별고 없으셨어요? 아이구, 하재건 작가님 사무실에 들어오셨을 줄은 몰랐네요. 연락이라도 한번 주시지 그러셨어요."

"……."

봉이는 어이가 없어 하마터면 헛웃음을 터뜨릴 뻔했다.

그간 데뷔작 출판권 회수 문제 때문에 통화한 게 얼만데. 되도 않는 헛소리였다.

"아이구, 여기 작가님들이 여럿 계시네요. 그런데 하재건 작가님께서는 어디……."

주위를 돌아보던 종구가 금세 말끝을 흐렸다. 거실과 주방의 경계선상에 재건이 무표정하게 서 있었다.

"안녕하셨습니까, 하재건 작가님!"

종구가 90도로 허리를 숙이며 예의를 갖춰 인사했다. 연달아 경수도 똑같이 허리를 깊이 숙였다.

"그간 여러 번 뵙고 싶어서 연락을 드렸지만 도통 전화가 닿질 않아서 말입니다. 하 작가님 잘 지내고 계신지 안부도 궁금하고 해서 이렇게 염치없이 찾아왔습니다. 하하하."

웃음을 터뜨리는 종구 앞에서 재건은 여전히 무표정했다.

종구의 말은 사실이었다.

그간 한 달에 한두 번 꼴로 연락이 오곤 했지만 재건이 전부 묵살했었다. 해태미디어와는 다시 만날 일이 없었기 때문이다.

"전봉이 작가님 문제는 해결된 겁니까?"

재건이 시작부터 직구를 날렸다.

종구는 즉시 얼굴에서 웃음을 지우고 긴장한 기색으로 고개를 끄덕였다.

"네, 그게…… 해결됐습니다. 이제 다시 실수로 어딘가에서 팔리거나 그럴 일 없을 겁니다."

"실수라고요?"

"네, 저희가 그…… 담당하는 작가님이 워낙 많다 보니 일괄적으로 작품을 관리하는 데 어려움이 조금 있어서요. 가끔가다 이렇게 착오가 생기기도 합니다."

"착오라……."

재건이 머그컵을 내려놓으며 중얼거렸다. 식어가는 커피처럼 서늘해진 그의 목소리가 사무실 바닥에 내리깔렸다.

"착오야 일어날 수 있겠죠. 출판도 다 사람이 하는 일이니까요. 그런데 그 착오가 매달 수십 건씩 발생한다면 이건 문제가 있는 거 아닐까요."

"하 작가님. 그건……."

"제가 알기로 이런 착오를 일으키는 업체는 대한민국에서 해태미디어밖에 없습니다. 왜 해태미디어에서만 계속 이런 일들이 일어나지요? 인터넷 작가 커뮤니티 이곳저곳을 둘러봐도 왜 다들 해태미디에 대해서만 유독 나쁘게들 이야기하고 있는 겁니까?"

"으으음……!"

종구는 신음밖에 대답할 거리가 없었다.

꿔다 놓은 보릿자루처럼 옆에 선 경수도 입장은 매한가지였다.

"박경수 대리님."

"네, 네! 하 작가님, 말씀하십쇼."

"지난주에 저한테 보내신 안부 메일에서 말씀하셨죠? 이제 제가 너무 유명한 작가가 되었다고, 해태미디어처럼 작은 출판사로서는 출간 제의를 드리기조차 황송하다고요."

경수는 대꾸하지 못하고 목울대를 한 번 울렸다. 갑자기 왜 이런 이야기를 꺼내는지 알 수 없었다.

재건이 말을 이었다.

"제가 해태미디어와 계약하지 않는 건 그런 이유 때문이 아니에요. 제 성격 아실 텐데요?"

"죄, 죄송합니다. 정말 모든 게 죄송합니다, 하재건 작가님."

경수가 진땀을 빼며 고개를 조아렸다.

종구도 머리를 들지 못하고 우물쭈물하기만 바빴다. 뒷짐을 진 그의 두 손이 바르르 떨리는 걸 모든 신입 작가가 보고 있었다.

'그렇게 목소리 크던 마 실장이 저러고 있어……?'

봉이는 눈앞의 종구가 자신이 알던 그 종구와 동일 인물인지 의심스러울 지경이었다.

계약서상으로 갑은 작가인 그녀였지만 실상 갑은 언제나 종구였다. 판사 앞에 선 범죄자처럼 재건에게 읍소하는 꼬락서니가 도통 현실감이 나질 않는 것이었다.

"저 이거 공론화시킬 수도 있습니다."

재건이 씹듯이 내뱉었다.

"……!"

그 말에 종구와 경수가 즉각 사색이 되어 고개를 치켜들었다.

"대표님께 말씀드리세요. 더 이상 힘들게 글 쓰는 작가님들 괴롭히지 마시라고. 무슨 뜻인지 이해하셨을 거라고 믿습니다."

"……!"

"왜 대답이 없으시죠? 마 실장님? 박 대리님?"

"이, 이해했습니다. 하 작가님."

"저도 아, 알아들었습니다. 네네, 알아들었습니다."

"그럼 이만 돌아가 주시면 감사하겠습니다. 저희 작가님들 이제 글 쓰셔야 해서요."

종구가 이마의 땀을 훔치며 조심스레 얼굴을 들었다.

"저, 저기…… 하 작가님. 그래서 드리는 말씀이지만 저희가 오늘 점심을 대접……."

종구는 말을 이을 수 없었다.

갑자기 재건이 남은 커피를 한 입에 털어 넣더니 세차게 입을 헹구는 것이었다.

미간을 좁히고 부릅뜬 두 눈에는 노기가 그득했다.

"아, 아닙니다. 하재건 작가님, 오늘 갑작스레 찾아봬서 무척 실례가 많았습니다. 오, 오늘은 이만 말씀하신 대로 돌아가 보겠습니다."

"건강 챙기시고 좋은 글 많이 써주셨으면 조, 좋겠습니다. 그럼 다시 여, 연락드리겠습니다."

종구와 경수가 새하얗게 질린 채로 돌아섰다.

두 사람이 도망치듯 사무실을 떠난 뒤, 재건은 입에 머금었던 커피를 목젖 너머로 삼켰다.

"고, 고맙습니다…… 하재건 작가님……!"

봉이가 두 손을 앞으로 모으고 재건에게 감사했다. 감격으로 두 눈에서는 눈물마저 글썽이려는 참이었다.

"전봉이 작가님도 잘못하신 겁니다."

"네, 명심하겠습니다. 앞으론 계약서 꼼꼼히 확인하겠습니다."

재건이 희미하게 웃어주고는 겉옷을 챙겨 들었다.

오늘은 넥션의 규호와 미팅이 있는 날이다. '더 브레스' 게임화에 관한 최종 결정을 내려야 하는 자리였다. 당연히 수희도 동석한다.

"먼저 가 보겠습니다. 다들 건필하시고 내일 뵙죠."

재건마저 사무실을 떠나고 4명의 작가만이 남았다. 그가 떠나고도 한참 동안 작가들은 움직일 줄을 모르고 멀거니 현관만을 바라보고 있었다.

"뭐하세요, 작가님들."

침묵을 깨고 먼저 입을 연 사람은 봉이였다.

"하 작가님이 말씀하셨잖아요. 건필하시라고. 우리 얼른 쓰고 점심 맛있게 먹으러 가요."

비로소 작가들이 고개를 끄덕이며 각자의 자리로 돌아갔다.

새로운 의기로 충만해진 그들의 열 손가락이 키보드 위를 종횡무진 누비기 시작했다.

언젠가는 나도……!

서로 말하진 않았으나 4명의 작가는 꼭 같은 생각을 하고 있었다. 부조리한 처사 앞에 위축되는 일 없이 언제나 당당한 작가가 될 수 있도록 전력을 다하겠노라고.

한편.

넥션 본사를 향해 액셀을 밟는 재건은 꿈에도 생각하지 못했다. 오늘 자신의 언행이 장르 소설 출판 업계에 전설과 같은 하루로 기록되리라고는.

겨울치고 날씨는 간만에 따스했다.

to be continued